KURT APPAZ

1975

IM JAHR DER WEIBER

KURT APPAZ

1975

IM JAHR DER WEIBER

Roman

Ullstein

ISBN 978-3-550-08666-3

Gesetzt aus der Excelsior und Akzidenz Grotesk
bei LVD GmbH, Berlin
Druck und Bindung: Ebner & Spiegel, Ulm
Printed in Germany

Für U. und H.,
wie immer.

Ein Satz des Autors an alle,
die immerzu und überall nach autobiografischen
Spuren suchen:
Appaz ist nie mit irgendwelchen Leuten
namens Kerschkamp, Lepcke, Ratte
oder gar »der Ami«
in Frankreich gewesen.
Und auch sonst nirgends.
Weder 1975 noch zu irgendeiner anderen Zeit.

Jegliche Ähnlichkeiten können daher
nur rein zufällig sein
oder einer durch den jahrelangen Konsum
von zu viel Dope
etwas überreizten Phantasie des Lesers entsprungen.
Es bleibt also bei dem völlig bescheuerten Satz
von John Lennon:
»I am he as you are he as you are me and
we are all together.«

SOMMER 1975

Helmut Schmidt ist Bundeskanzler
und trifft sich mit Mao Tse-tung.

In Stammheim beginnt der Prozess gegen die RAF.

Wolf Biermann schreibt in »konkret«
über Udo Lindenberg.

Nach der Demonstration gegen den Bau
des Kernkraftwerkes Brokdorf
titelt die Bild-Zeitung: »Jetzt ist die Umwelt
wirklich zerstört!«

Breschnew regiert die Sowjetunion
und St. Petersburg heißt noch Leningrad.

Walter Ulbricht ist immer noch
Staatsratsvorsitzender der DDR.

Volker Schlöndorff verfilmt Heinrich Bölls
»Die verlorene Ehre der Katharina Blum«.

Die Fristenregelung des reformierten § 218
wird vom Bundesverfassungsgericht
für nichtig erklärt.

Verheerende Feuer vernichten große Waldbestände
in Niedersachsen.

Rod Stewart geht von Großbritannien in die USA
und landet mit »Sailing« einen Nummer-Eins-Hit.

Frank Zappa veröffentlicht »One Size Fits All«
und »Bongo Fury«.

Im Kino läuft »Das Gespenst der Freiheit«
von Luis Buñuel.

In Ostia wird Pier Paolo Pasolini ermordet.

Erich Kästner ist seit einem Jahr tot.

Im Juni ist es sieben Jahre her,
dass während der Studentenunruhen in Berlin
der 21-jährige Benno Ohnesorg
von einem Polizisten erschossen wurde.

38. Präsident der USA ist Gerald Rudolph Ford,
der Nixon nach dem Watergate-Skandal ablöste.

Johannes Mario Simmels Roman
»Die Antwort kennt nur der Wind«
erscheint jetzt auch in der Büchergilde Gutenberg.

Seit im April die letzten Amerikaner
Saigon verlassen haben,
ist der Vietnam-Krieg endgültig zu Ende.

Kurt Appaz ist neunzehn Jahre alt.

Eigentlich fing der Sommer genau an dem Tag an, an dem Buchmann einen Sonnenstich hatte und Lepckes Zelt vollkotzte ...

1

Sie waren gerade alle durchs Abitur gefallen, Buchmann, Lepcke, Kerschkamp, Ratte und Appaz. Kollektiv sozusagen. Was zweifellos nicht nur an ihrer nahezu totalen Verweigerung gegenüber Lerninhalten lag, die sie sowohl als überflüssig als auch als grundsätzlich reaktionär erkannt zu haben glaubten. Sondern vielmehr an solchen Aktionen wie dem Bestreiken des Unterrichts, solange sie nicht endlich ein festes und angemessenes Schülergehalt bekämen.

Zugegeben, ihre Begründung dafür war zumindest fragwürdig gewesen. Da sie die Vorteile einer staatlichen und daher für sie unentgeldlichen Ausbildung nur genießen würden, um später als qualifizierte Fachkräfte zum allgemeinen und in höchstem Maße verabscheuungswürdigen Profitwachstum beizutragen, sei es ja wohl nur recht und billig, sie auch dementsprechend zu bezahlen, so hatten sie der örtlichen Presse gegenüber lautstark argumentiert.

Im Gegenzug hatte der stellvertretende Schulleiter ihres »mathematisch-naturwissenschaftlichen und neusprachlichen Gymnasiums für Knaben« ihnen nun mitgeteilt, dass sie ganz offensichtlich noch lange nicht die Reife erlangt hätten, die gemeinhin mit dem Reifezeugnis belohnt wird.

»Meine Herren«, hatte er die Entscheidung des Kollegiums zusammengefasst und sich dabei eines süffisanten Grinsens nicht erwehren können, »meine Herren, ich denke, Sie haben jetzt begriffen, dass letztendlich doch immer noch wir am längeren Hebel sitzen.«

Und Frau Doktor A. hatte mit zitternder Stimme hinzugesetzt: »Die Diktatur des Proletariats ist noch lange nicht angebrochen, zum Glück!«

Woraufhin Buchmann nichts Besseres eingefallen war, als aus seinen fast zwei Metern Höhe eine Zeile von Atomic Rooster zu grölen: »Death walks behind you ...« Damit war er frohgemut aus der Aula marschiert, auf geradem Wege hinüber zu Tengelmann, um eine Flasche Tequila für sechs fünfundneunzig zu klauen und sich das widerlich-warme Zeug unverzüglich in großen Zügen einzuverleiben.

Trotzdem hielt er sich den Nachmittag über gar nicht so schlecht. Sie lungerten an dem Kiesteich zwischen den Kartoffelfeldern hinter Lepckes Haus herum und halfen Buchmann dabei, zunächst mal den Tequila zu vernichten. Danach rauchten sie so ziemlich alles, was sich nur irgendwie in Zigarettenpapier wickeln und anzünden ließ. Und irgendwann waren sie so weit, dass das vermasselte Abitur für sie ungefähr die Bedeutung hatte wie der sprichwörtliche Sack Reis, der in China angeblich immer wieder mal umfällt. Bis Buchmann plötzlich mit kaltem Schweiß auf der Stirn und glasigem Blick irgendwas von Sonnenstich lallte und Lepckes Zelt vollkotzte.

Irgendwann später kam dann auch noch Hansi dazu. Aber da redete Kerschkamp schon davon, dass der Kiesteich aussehen würde wie die Ostsee, wo er letzten Sommer mit seiner Kreidler zum Camping gewesen war. Und Ratte wollte sich mit dümmlichem Grinsen an Biggi ranmachen, die die Schwester von Lepcke war und schon seit Monaten ziemlich fest mit Hansi liiert. Deshalb stieß Hansi also Ratte rückwärts in den Teich, wo er auch glatt liegen geblieben wäre, das Gesicht halb unter Wasser, kichernd und Blasen blubbernd.

Zum Glück waren auch Sabine und Anette mit dabei. Anette war Appaz' Freundin, mehr oder weniger jedenfalls. Ohne dass sie darüber geredet hätten, war für beide klar, dass es so lange gehen würde, wie es eben ging. Aber weil Anette so gut wie keine Brüste hatte und ziemlich kurze Haare, behauptete Ratte bei jeder Gelegenheit, mit Appaz würde irgendwas nicht ganz stimmen. Dass Anette unter ihren bunten Wickelröcken grundsätzlich keinen Slip trug, hatte Appaz Ratte nie erzählt, sonst hätte er wahrscheinlich anders darüber gedacht.

Jedenfalls holten die Mädchen Ratte aus dem Wasser. Kerschkamp und Appaz machten Feuer, und die Mädchen zogen Ratte nackt aus und wendeten ihn vor dem Feuer hin und her, bis seine Haut von allen Seiten krebsrot war und er plötzlich einen steifen Schwanz bekam. Woraufhin Sabine kichernd ihre Parkajacke über seinen Steifen hängte, als wäre Rattes Schwanz der Garderobenhaken in irgendeiner Kneipe.

Hansi hatte inzwischen die Kaffeemühle aus seinem Rucksack geholt, und die Tüte mit den Getreidekörnern. Er lernte Gärtner in einem Dorf irgendwo hinter Laatzen und schleppte immer diesen Rucksack mit sich herum, mit der Kaffeemühle von seiner Oma und einer hoffnungslos verrosteten Bratpfanne. Er hatte auch immer irgendwelche Getreidekörner dabei und natürlich sein selbst gezogenes Gras. Die Fladen, die er jetzt mit einem Becher Teichwasser zusammenmatschte, schmeckten genauso mies, wie Hansis Fladen immer schmeckten, und waren auch wieder mal halb verbrannt, aber sie machten schön breit. Noch breiter, als sie alle ohnehin schon waren. Und um nichts anderes ging es.

Eigentlich hatten sie zusammen mit Hansi gleich zu Beginn der Sommerferien nach Frankreich fahren wollen. Hansi hatte auch den Bus besorgt, einen rot-weißen VW-Bus, Baujahr 1964, mit 34 PS und geteilter Windschutzscheibe und Klapptüren an der Seite. Der Bus hatte dem Dorfschlachter gehört, und Hansi hatte ihm die Karre mit viel Hin und Her für 750 Mark abgeschwatzt, was sie zu fünft ganz gut bezahlen konnten. Aber kaum war er umgemeldet, setzte Hansi sich mit Biggi zu einem Ausflug an die Ostsee ab, ohne ihnen auch nur ein Wort zu sagen. Und sie hatten den Bus bis dahin noch nicht mal gesehen! Hatten Hansi nur das Geld gegeben und dann diesen bescheuerten Anruf von ihm gekriegt, aus Eckernförde, wo er mit Biggi mal eben für ein paar Tage hingefahren war – angeblich um zu sehen, ob der Bus auch wirklich fit war.

Woraufhin sie alle reichlich sauer gewesen waren. Kerschkamp hatte so lange herumgestänkert, bis sie Hansi erklärten, dass sie ohne ihn nach

Frankreich fahren würden. Er sei so was wie ein Kameradenschwein, und sie könnten gut auf ihn verzichten. Hansi schien das völlig egal zu sein, oder zumindest tat er so, als wäre es ihm völlig egal, er drückte Appaz nur schulterzuckend und mit schiefem Grinsen die Schlüssel in die Hand.

Jetzt matschte er also wie üblich seine Fladen zusammen und benahm sich, als wäre nie etwas gewesen. Und natürlich verschwand er dann irgendwann wieder mit Biggi in dem Geräteschuppen gleich neben dem Steg, auf dem sie hockten. Aber das kannten sie schon. Sie hatten auch schon hundertmal Hansis Stöhnen gehört, das immer klang, als würde er gleich einen Herzkollaps kriegen, während Biggi ganz still blieb. Deshalb war Ratte fest davon überzeugt, dass Hansi etwas falsch machen musste.

Irgendwann wurde es so kalt, dass sie keine Lust mehr hatten. Buchmanns Hemd war angekokelt, weil er halb im Feuer gelegen hatte.

»Scheiße«, sagte er, »Scheißescheißescheiße.«

Fluchend kletterte er hinter Kerschkamp auf die Kreidler, und ohne Licht kurvten sie den Feldweg hoch. Lepcke schwankte quer über den Acker.

Anette fuhr den Bus, weil sie nie etwas trank und auch nicht viel kiffte. Weniger als die anderen jedenfalls. Sie kriegte den Rückwärtsgang nicht gleich rein, und Hansi grinste blöde. Als das Getriebe kreischte, hielt er sich demonstrativ die Ohren zu. Anette versuchte hochzuschalten, ohne zu kuppeln. Appaz sah an ihrem Gesicht, dass sie es mit voller Absicht tat. Er sagte nichts, sondern hielt nur den

Kopf ans offene Fenster und zählte die Straßenlaternen. Kam aber immer nur bis fünf.

Sabine musste mit Ratte losgezogen sein. Jedenfalls rief Ratte am nächsten Mittag bei Appaz an und faselte irgendwas davon, dass er die ganze Nacht nicht geschlafen habe und dass es zum Schluss nicht mehr witzig gewesen sei. Weil Sabine immer wieder angefangen habe, auch als er schon längst nicht mehr konnte. Zum Glück habe sich sein großer Bruder irgendwann beschwert, sonst würde Sabine jetzt immer noch auf Ratte nach Laramie reiten. Ratte klang wirklich fertig, als er das erzählte.

Rattes großer Bruder hieß Udo, und sie wohnten zusammen in einem Zimmer. Udo hatte sich für vier Jahre zum Bund verpflichtet, aber weil die Kaserne gleich um die Ecke war, durfte er zu Hause schlafen. Wenn er nicht gerade im Bau saß, was allerdings häufiger vorkam. Beim letzten Mal hatten sie ihn alle Mann besucht und erst ein paar Runden Mau-Mau mit ihm gespielt und dann Käpt'n Nuss, bis die Flasche billiger Whisky, die Kerschkamp an der Wache vorbeigeschmuggelt hatte, unwiderruflich leer war. Was nicht allzu lange gedauert hatte.

Soweit Appaz sich erinnerte, war Udo da eingebuchtet, weil er ein paar Nächte zuvor schwer betrunken die Schaufensterscheibe von irgendeinem Fernsehladen eingeschlagen hatte und dann in aller Ruhe mit einem originalverpackten Fernseher unter jedem Arm die Fußgängerzone hochgetorkelt war. In Ausgehuniform!

Aber jedenfalls hielt Udo Appaz und die anderen jetzt für seine besten Freunde, seit sie ihn im Bau besucht hatten, und wollte sie unbedingt managen. Sie hatten nämlich eine Band, Pain in the Ass, mit Lepcke als Sologitarristen, Buchmann am Bass und dem Dicken am Schlagzeug.

Eigentlich hatte Kerschkamp Schlagzeug spielen sollen. Aber dann war der Dicke gekommen und hatte von einem Kumpel eine Gesangsanlage besorgt, womit die Sache klar war. Kerschkamp spielte jetzt noch bei zwei Songs Bongos, aber man hörte ihn kaum, weil sie nur ein Mikro hatten, und das brauchte Appaz zum Singen.

Sie waren nicht gut, aber verdammt laut.

Ratte spielte Rhythmusgitarre und konnte sich keinen Griff länger merken als für die nächsten zwei Stunden, von irgendwelchen Riffs ganz zu schweigen. Und der Dicke zerhackte regelmäßig ein paar Sticks pro Song. Trotzdem hatten sie immerhin schon drei Auftritte gehabt, den ersten auf einer Solidaritätsveranstaltung im Unabhängigen Jugendzentrum Kornstraße »gegen Entlassungen und Unterdrückungen«, und die beiden anderen bei irgendwelchen Dorffesten im »Gasthaus zur Eiche« in Ehlershausen, wo der Dicke einen Onkel hatte, der im Gemeinderat saß. Fast hätten sie auch noch auf einer Zigeunerhochzeit gespielt, hatten aber in letzter Minute wieder abgesagt, weil sie Schiss bekamen, dass Ratte sich an die Braut ranmachte und sie dann alle zusammen einen auf die Fresse kriegen würden.

Ihren Übungsraum hatten sie im Keller unter dem Lebensmittelgeschäft von Buchmanns Eltern. Und wenn Udo Ausgang hatte und nicht gerade wieder irgendwo einen Bruch machte, hing er mit einer seiner ohne Ausnahme wasserstoffblond gefärbten Freundinnen bei ihnen im Keller rum und träumte von deutlich besseren Zeiten, in denen er ihnen als ausgebuffter Rockmanager richtige Konzerte mit gigantischen Gagen besorgen würde. Aber immerhin hatte er ihnen zunächst schon mal den Typen besorgt, der für hundert Mark bar auf die Kralle ihren Bus hintenrum durch den TÜV brachte. Mit Stempel und Plakette und allem, was dazugehört, ganz seriös.

Das mit dem TÜV hatte Hansi nämlich irgendwie verpennt gehabt. Und auch Kerschkamp hatte nur durch Zufall gesehen, dass der Bus bereits seit drei Monaten überfällig war. Ihr daraufhin gestarteter Versuch, höchstpersönlich bei den Herren von der technischen Überwachung vorzufahren, war eigentlich schon nach dem ersten Blickkontakt zwischen Appaz und dem Prüfer gescheitert. Da hätte der Graukittel nicht erst noch seinen Schraubenzieher in den hoffnungslos durchgerosteten Seitenschweller bohren müssen.

Für ihre Frankreichfahrt hatte Udo ihnen noch einen Suchscheinwerfer vom Bund mitgebracht, ein Riesending, das sie vorne genau in die Mitte des Daches schrauben wollten. Weshalb Appaz jetzt am Mittag nach ihrer kleinen Abiturfeier am Kiesteich Kerschkamp abholte und mit ihm zu dem Dicken nach Hause fuhr. Bei Ratte versuchten sie es gar nicht erst, »der soll lieber seine Eier kühlen«, sagte Kerschkamp nur, nachdem Appaz ihm von Rattes Anruf erzählt hatte.

Der Dicke wohnte zwei Häuser neben Lepcke. Solange sein Vater zur Arbeit war, konnten sie den

Bus vor die Garage stellen, sich Strom aus dem Keller holen und schrauben und basteln, ohne dass sich irgendjemand aufregte. Im Gegenteil, die Oma vom Dicken fand das sogar gut, weil sie ein bisschen Abwechslung in ihren Alltag brachten. Sie hockte immer hinter dem Fenster im ersten Stock und beobachtete jeden ihrer Schritte. Und immer, wenn einer von ihnen zufällig zu ihr hochguckte, hob sie die Hand und winkte. Sie winkten natürlich zurück. Die Oma vom Dicken war nett, da waren sich alle einig.

Der Dicke war bei Telefunken und lernte Elektriker. Er hatte ihnen schon einen Spannungswandler für den Bus gebaut, von 220 auf 6 Volt, damit sie Kerschkamps Kassettenrecorder anschließen konnten. Eigentlich wäre der Dicke auch gern mit nach Frankreich gefahren, aber seit dem zweiten Auftritt in Ehlershausen hatte er eine Freundin, und nun wollte er doch lieber zusammen mit ihr irgendwo anders hin, erst Verwandte im Schwarzwald besuchen oder so was, und dann weiter nach Italien. Komischerweise hatten die beiden ausgerechnet Buchmann eingeladen mitzukommen. Und Buchmann hatte zugesagt.

Aber im Moment musste der Dicke ihnen erst noch helfen, den Suchscheinwerfer zu montieren. Während Kerschkamp und Appaz also die letzten Fettplocken hinten aus dem Laderaum kratzten und Lepcke sein in der Nacht zuvor von Buchmann vollgekotztes Zelt mit einem Schlauch abspritzte, holte der Dicke eine Leiter und die Bohrmaschine von seinem Alten und legte los.

Das Problem war nur, dass der Bus vorne in der

Mitte so eine Art Lüftungstunnel hatte. Das Dach ragte ein wenig über die geteilte Windschutzscheibe hinaus und in dem Überhang befanden sich auf jeder Seite zwei Lüftungsschlitze, die den Fahrtwind in eben diesen Tunnel leiteten. In der Fahrerkabine gab es dann unter der Decke einen Hebel, mit dem man den Luftstrom wahlweise gleichmäßig zu den beiden Seiten oder insgesamt nach hinten lenken konnte.

Aber nachdem der Dicke den Scheinwerfer fertig montiert hatte, war der Hebel blockiert und blies die Luft nur noch nach hinten. Trotzdem, der Scheinwerfer verpasste dem Bus ein ziemlich abenteuerliches Aussehen, und um das Ganze perfekt zu machen, malten ihm Kerschkamp und Appaz mit einem Rest schwarzer Farbe, den sie in der Garage gefunden hatten, »Heavy Tour 75« in Spiegelschrift auf die weiße Blechnase.

Während sie noch am Pinseln waren, klärte Kerschkamp Appaz darüber auf, dass sie letzte Nacht am Kiesteich offenbar besprochen hatten, anstelle von Hansi einfach den Ami mitzunehmen. Appaz konnte sich beim besten Willen nicht mehr erinnern, aber Lepcke wusste auch Bescheid. Der Ami wohnte eine Straße weiter, und Lepcke meinte, dass er schon länger mitgewollt und sich nur nicht zu fragen getraut habe. Und was jetzt sei?

»Keine Ahnung«, sagte Appaz. Er war sich wirklich nicht sicher. Einerseits war der Ami eigentlich ganz nett, aber andererseits irgendwie auch verdammt komisch. Da war nicht nur die Tatsache, dass er seine Haare als bleistiftkurzen Mecki trug, weshalb er ja eben »der Ami« hieß, sondern auch, dass Appaz im letzten Jahr vielleicht gerade mal ein oder zwei Sätze mit ihm gewechselt hatte. Den anderen ging es ähnlich. Was vor allem damit zu tun hatte, dass der Ami Tag und Nacht nur auf seiner Bude hockte und Platten hörte. Hauptsächlich Chick Corea und Herbie Hancock und solche Sachen, für die Appaz sich noch nie so richtig hatte begeistern können.

»Denk dran, der Ami hat einen Führerschein«, sagte Lepcke und guckte Appaz so komisch von der Seite an, wie es seine Art war. Als wollte er noch irgendwas sagen. Aber es kam nichts mehr. Klar, nachdem Hansi und der Dicke ausgefallen waren, war Appaz jetzt der Einzige, der offiziell fahren durfte. Weil Kerschkamp und Lepcke noch keinen Führerschein hatten und Ratte schon zweimal durch die Prüfung gerasselt war.

»Okay«, sagte Appaz, »wer fragt ihn?«

»Hab ich schon gemacht«, sagte Lepcke, und Appaz dachte wieder mal, dass Lepcke ein ziemlich falscher Hund war. Der Dicke dachte offenbar das Gleiche.

»Na, ist ja toll«, sagte er von seiner Leiter herab, und knurrte noch irgendwas vor sich hin, was sinngemäß darauf hinauslief, dass er jedenfalls nicht mit dem Ami Urlaub machen würde.

»Brauchst du ja auch nicht«, sagte Lepcke, »und außerdem würde ich mir an deiner Stelle lieber Sorgen machen, dass dir Buchmann nicht auf die Rückbank kotzt.«

»Ach ja?«, fragte der Dicke und stieg ganz langsam die Leiter herunter.

Genau in dem Moment klopfte aber seine Oma

oben ans Fenster, wahrscheinlich weil schon länger keiner mehr zu ihr hochgeguckt hatte und ihr langsam langweilig wurde. Sie winkten ihr also alle zu, bis sie wieder zufrieden war. Und dann hielt vorne an der Straße der Samba-Bus. Mit Fenstern an der Dachkante entlang und einem Stoffschiebedach über die gesamte Länge. Quer über die Seite waren indische Kühe gemalt, die zufrieden und glotzäugig am Ufer des Ganges lagerten. Ein Typ mit Vollbart und Nickelbrille stieg aus und kam zu ihnen herübergelatscht. Ob sie Interesse an zwei Reifen hätten, mit Felge, fragte er und zeigte mit dem Kopf auf ihren Bus, einen Dachgepäckträger habe er übrigens auch noch.

Er langte in seine Tasche und holte einen Lederbeutel hervor. Drehte erst mal eine gewaltige Tüte und ließ das Ding dann im Kreis rumgehen. Lepcke wollte nicht, aber die anderen ließen sich nicht zweimal bitten. Wobei der Dicke immer mit einem Auge zu seiner Oma hoch schielte und den Joint beim Ziehen in der hohlen Hand versteckte.

Sie nuckelten eine Weile vor sich hin. Doch, klar, zwei zusätzliche Reifen waren vielleicht gar nicht schlecht. Was er dafür haben wolle?

»Vierzig Mark?«

»Nichts da«, sagte Kerschkamp und schüttelte den Kopf.

»Vierzig Mark mit dem Dachgepäckträger«, schlug Appaz vor.

Appaz fuhr also mit dem Typen los, um die Reifen und den Gepäckträger zu holen. Der Typ erzählte, dass er Medizinstudent sei und gerade irgendeine Prüfung bestanden habe. Und jetzt erst mal nur noch weg wolle. Nach Indien. Mit seiner Freundin, für mindestens ein Jahr! Und wenn Appaz und die anderen unterwegs wären, sollten sie sich bloß nicht anschnallen.

»Im Bulli hast du keine Chance, wenn du angeschnallt bist«, sagte er, »wenn du irgendwo gegenschrubbst, bist du platt.«

Er war nämlich Krankenwagen gefahren, und da hatte er VW-Busse gesehen, bei denen war das Führerhaus vielleicht gerade noch zwanzig oder dreißig Zentimeter lang. Und bei dem einen Typen, den sie rausgezogen hatten, hatte sich das Lenkrad durch den Brustkorb gebohrt.

»Keine Chance«, sagte er. »Aber wenn du nicht angeschnallt bist, fliegst du vielleicht gerade noch rechtzeitig raus.«

Appaz nickte und sagte, dass das ja eigentlich sowieso klar sei. Wüsste ja jeder, der VW-Bus fährt.

Der Medizinstudent grinste Appaz an und lenkte ein Stück mit den Knien, während er einen neuen Joint rollte.

Er wohnte irgendwo am Kanal, und seine Freundin schien nicht gerade begeistert zu sein, dass er Besuch mitbrachte. Weshalb Appaz lieber gleich sagte, dass er keine Zeit habe und nur schnell wegen der Reifen und dem Gepäckträger mitgekommen sei. Woraufhin sie allerdings auch nicht freundlicher wurde. Aber als Appaz die vierzig Mark aus der Tasche holte, griff sie zu, bevor der Typ überhaupt nur den Arm hochkriegte.

Der Dachgepäckträger war riesig, und sie mussten ihn auf dem Samba montieren, um ihn überhaupt transportieren zu können.

»Wäre vielleicht schlauer gewesen, wenn ich gleich mit unserem Bus hergekommen wäre ...«, sagte Appaz.

Aber anstelle irgendeiner Antwort kriegte er nur ein Kichern zu hören und den nächsten Joint hingehalten.

Als sie wieder beim Dicken waren, war Lepcke inzwischen nach Hause gegangen, um seine Klamotten zu packen. Sie wuchteten den Gepäckträger auf ihren eigenen Bus und der Dicke holte ein Seil, um die Reifen festzubinden.

»Sieht stark aus«, sagte Kerschkamp.

»Denk dran«, erinnerte der Medizinstudent Appaz, »nicht anschnallen. Ihr müsst rausfliegen können, sonst habt ihr keine Chance.«

»Komischer Typ«, stellte Kerschkamp fest, nachdem der Samba in einer blauen Qualmwolke die Straße runtergeknattert war.

»Du hättest erst mal seine Freundin sehen sollen«, sagte Appaz.

Kerschkamp grinste.

Appaz grinste zurück.

In nicht mal zwölf Stunden waren sie unterwegs! Sie erklärten dem Dicken nochmal, wann sie wahrscheinlich in Lacanau sein würden. Falls er doch noch Lust kriegte, nachzukommen.

»Aber Buchmann kannst du ruhig vorher irgendwo absetzen«, sagte Kerschkamp und grinste schon wieder.

»Viel Spaß mit dem Ami«, meinte der Dicke.

Sie winkten seiner Oma zu und fuhren los. Auf dem Weg zu Kerschkamp hatte Appaz eine Idee. Sie zählten ihr Geld. Kerschkamp nickte. Sie hielten am Geha-Platz und stiefelten in den Optikladen, wo Appaz seine erste Brille bekommen hatte. Kurz vor der Fahrprüfung, als er den Sehtest nicht bestanden hatte, und der Fahrlehrer sich fast nicht mehr einkriegte, dass Appaz die ganze Zeit blind wie ein Maulwurf gewesen war.

Appaz kaufte sich Sonnenbrillengläser, die man auf die normale Brille aufstecken konnte. Kerschkamp suchte sich die dunkelste Sonnenbrille aus, die sie hatten. Sie guckten sich im Spiegel an. Sie sahen ein bisschen aus wie zwei Typen, die aus Versehen von »Easy Rider« übrig geblieben waren.

»Scharf«, sagt Kerschkamp.

Sie verabredeten sich für fünf Uhr am nächsten Morgen. Kerschkamp würde die anderen nochmal anrufen. Vor allem den Ami.

»Hau rein, Alter«, sagte Kerschkamp und hielt die Faust hoch.

Appaz' Mutter hatte ihm zum Abschied Hackbraten gemacht. Mit Schwarzwurzeln. Und als er sein Zeug zusammenpackte, drückte ihm sein Vater noch eine Dose Scho-Ka-Kola in die Hand. Autofahrerschokolade. Und hundert Mark für Sprit.

»Fahr vorsichtig, Junge«, sagte er.

Über das versiebte Abitur redeten sie kein Wort mehr. Aber Appaz hatte das Gefühl, dass sie ohnehin dachten, es sei zwecklos, überhaupt noch was zu sagen. Er versprach ihnen aber, dass er sich von unterwegs mal melden würde.

Dann fuhr er nochmal los, um sich von Anette zu verabschieden. Eigentlich hatte er auf eine kleine Abschiedsnummer gehofft, aber als sie an den Kiesteich kamen, waren Hansi und Biggi schon wieder im Geräteschuppen zugange. Und Anette wollte nicht mehr, sondern sagte nur, dass Hansis Gestöhne sie total abturnen würde. Und dass sie froh wäre, für die nächsten sechs Wochen keinen steifen Schwanz mehr sehen zu müssen. Dann fing sie plötzlich an zu heulen. Appaz holte die Tüte mit dem Gras aus Hansis Rucksack, den dieser freundlicherweise auf dem Steg liegen gelassen hatte.

Sie rauchten. Anette erzählte, dass sie Schiss habe vor der Guardia Civil. Sie wollte nur mit ihrer Cousine in die Pyrenäen, auf die spanische Seite. In irgendein Bergdorf, wo sie Spangenburger besuchen wollten, den Appaz auch kannte, weil er früher mal auf seiner Schule gewesen war. Dann war er aber wegen irgendwas geflogen und hütete jetzt als Hippie in den Pyrenäen Schafe. Oder Ziegen. Und Spangenburger hatte schlimme Sachen von der Guardia Civil erzählt, insbesondere was sie so mit Mädchen machen würden. In dem gleichen Brief, in dem er Anette und ihre Cousine zu sich eingeladen hatte.

»Wenn es dir zu doof wird, kommst du nach Lacanau«, flüsterte Appaz dicht an Anettes Ohr, »oder wir holen dich …«

Er versuchte, seine Hand unter ihren Wickelrock zu schieben. Aber Anette wollte immer noch nicht.

2

Als Appaz zu Kerschkamp kam, lag noch dicker Nebel über den Feldern. Kerschkamp hatte trotzdem schon die Sonnenbrille auf.

Hinten im Bus hatten sie eine Holzplatte eingebaut, bis zur Lehne der mittleren Sitzbank. Wenn man sich diagonal legte, reichte es gerade so als Schlafplatz. Kerschkamp klopfte sein Kopfkissen zurecht und haute sich hin. Strampelte mit den Beinen und schrie: »Yippiiieh!«

Lepcke stand schon mit seinem ganzen Zeug an der Straße und wartete. Er hatte die Kiste mit dem Campinggeschirr dabei und einen Karton voll Tütensuppen. Das Zelt war immer noch nass. Sie hängten es, so gut es ging, über die Lehne der Rückbank. Lepcke kletterte auf den Beifahrersitz.

Der Ami erzählte ihnen zur Begrüßung, dass er die ganze Nacht geträumt habe, er würde rote Würmer auskotzen.

Ratte pennte noch. Seine Mutter schickte sie hoch in sein Zimmer. Die Rollläden waren heruntergelassen. Es stank, wie es nur bei Ratte stinken konnte. Ratte hatte mal gesagt, das würde an seinem Bruder liegen, der die ganze Nacht über furzte. Was von dem Essen in der Bundeswehrkantine käme.

»Los, Alter, aufstehen!«, brüllte Kerschkamp.

Ratte fuhr schlaftrunken hoch. Rattes Bruder drehte sich auf die Seite und schnarchte weiter. Hinter Ratte konnte Appaz eine nackte Schulter erkennen und lange, blonde Haare. Sabine! Als Ratte ihr den olivgrünen Bundeswehrschlafsack wegzog, rollte sie sich murrend in das zusammengeknüllte Laken. Appaz und die beiden anderen konnten sehen, dass sie goldfarbene Riemchensandalen anhatte. Mit bleistiftdünnen Absätzen.

Lepcke guckte schnell woanders hin.

Ratte streifte sich sein altes T-Shirt über und stieg in die Jeans, die so eng waren, dass sein Hintern aussah wie ein Entenarsch. Sie halfen ihm, die Kiste mit den Konservendosen nach unten zu bringen.

»Nudeln in Tomatensoße«, sagte Ratte, »und Corned Beef und so'n Zeug.«

Auf der Kiste stand in sauberen Blockbuchstaben: NOTRATIONEN. EIGENTUM DER BUNDESWEHR.

Der Ami hatte es sich inzwischen mit Kerschkamps Kopfkissen bequem gemacht und las ein Buch. *Steppenwolf* von Hermann Hesse.

Ratte guckte Appaz fragend an.

»Hä, was soll das denn? Wieso ist der denn da …?«

»Hi!«, ließ sich der Ami vernehmen und blätterte die Seite um.

»Scheiße«, sagte Kerschkamp, »habe ich ja ganz vergessen dir zu erzählen. Er kommt für Hansi mit.«

»Ist doch gut«, sagte Lepcke. »Und außerdem hat er einen Führerschein.«

Ratte zuckte nur mit den Schultern.

Auf dem Weg zur Autobahn hielten sie an der Shell-Tankstelle. Der Tankwart konnte sich noch an Appaz erinnern, weil er vorgestern schon mal bei ihm getankt hatte. Für vier Mark, mehr hatte er nicht dabeigehabt. Diesmal tankten sie voll. Lepcke kontrollierte die Luft.

»Große Fahrt, was?«, fragte der Tankwart, während er mit dem Leder über die Windschutzscheibe wischte.

»Heavy Tour«, sagte Kerschkamp.

Dann waren sie auf der Autobahn. Der Bus lief fünfundneunzig. Hundert. Appaz versuchte, das Gaspedal nicht ganz bis zum Anschlag durchzutreten. Zur Hildesheimer Börde hoch sackte die Tachonadel auf siebzig. Appaz schaltete in den dritten Gang zurück.

Lepcke hockte neben ihm, mit einer Europakarte auf den Knien. Im Rückspiegel konnte er Ratte sehen, der gerade versuchte, Kerschkamps Kassettenrecorder in Gang zu setzen. Kerschkamp holte einen Stapel Kassetten aus seinem Seesack. Der Ami las immer noch Hermann Hesse.

»Was wollt ihr hören, Leute?«, fragte Kerschkamp.

Sie einigten sich auf Zappa, Overnite Sensation. *Camarillo Brillo*. She had a snake for a pet, and an amulet ...

Kerschkamp sang mit. Ratte fummelte am Spannungswandler, bis die Kassette nicht mehr eierte. Trotzdem blieb der Klang beschissen, blechern und ohne jeden Bass. Aber der Motor dröhnte ohnehin so laut, dass man kaum was hörte.

»She had grey-green skin, a doll with a pin, I told

her she was alright, but I couldn't come i-in«, sang Kerschkamp begeistert, »actually I was very busy then …«

Lepcke war der Erste, der pinkeln musste.

»Vergiss es«, sagte Ratte, »wenn du jetzt pinkelst, dann musst du alle fünf Minuten. Du musst dir das erste Mal verkneifen, das ist es.«

»He, Leute, kennt ihr das?«, brüllte Kerschkamp, »dass man nicht bumsen kann, wenn man pinkeln muss, kennt ihr das?«

Sie hielten auf irgendeinem Parkplatz.

Kerschkamp stellte sich breitbeinig neben Lepcke.

Ratte packte die Brote aus, die ihm seine Mutter geschmiert hatte.

»Leberwurst, vom Bund«, sagte er mit vollem Mund, »geil.«

»Das stinkt!«, erklärte der Ami, klappte den Hesse zu und kletterte über die Rückenlehne, um ebenfalls zu pinkeln.

Ratte pellte sich ungerührt ein hartgekochtes Ei.

Die Sonne wurde langsam wärmer. Appaz klemmte die dunklen Gläser auf seine Brille.

»Hartgekochte Eier, ist ja Wahnsinn«, sagte Kerschkamp und griff zu.

Ratte nahm einen Schluck Cola und rülpste.

Kerschkamp tauschte den Platz mit Lepcke. Die Eierschalen bröckelte er in den Aschenbecher, der genau in der Mitte oben auf dem Armaturenbrett war. Dann zog er den Aschenbecher aus der Halterung und gab ihn nach hinten, weil Ratte rauchen wollte.

An der Steigung hinter der Werratal-Brücke

musste Appaz in den zweiten Gang zurückschalten. Mit knapp vierzig quälten sie sich die Kriechspur hoch. Ein Tanklastzug schob sich von hinten heran und zog hupend vorbei.

»Ist leer, der Arsch, deshalb«, erklärte Kerschkamp.

Lepcke streckte den Kopf nach vorne.

»Ist alles okay?«, fragte er und schielte auf die Tachonadel, die sich zitternd der Dreißig näherte.

Appaz war froh, als er endlich wieder in den Dritten gehen konnte.

»Jetzt aber«, sagte Kerschkamp, als sie über die Kuppe waren.

Lepcke lehnte sich zurück. Er nahm Ratte die halb gerauchte Kippe aus der Hand. Ratte hatte den Kopf gegen die feuchte Zeltbahn gelegt und pennte.

Hinten lag der Ami mit angezogenen Beinen und las wieder.

Kerschkamp drehte Appaz eine Zigarette. Eine von denen, die so locker waren, dass man sie nach dem ersten Zug eigentlich schon wieder wegwerfen konnte.

»Sag mal«, sagte Kerschkamp plötzlich, »hast du das gesehen? Heute Morgen, die Schuhe, die Sabine anhatte, glaubst du, dass sie die ganze Nacht über, also, ich meine, auch wenn sie mit Ratte …«

Er machte eine vage Handbewegung.

Appaz zupfte sich ein paar Tabakkrümel von der Lippe.

»Klar«, sagte er, »das sind wahrscheinlich ihre Reitstiefel. Für den langen Weg nach Laramie.«

»Redet ihr über mich?«, fragte Ratte von hinten und drehte die Musik leiser.

»Quatsch«, sagte Kerschkamp.

Sie grinsten sich an.

»O Mann«, sagte Kerschkamp.

»Kiss my aura, Dora«, sang Zappa, »mmh, it's real angora, would you like some more-a?«

Bergab lief der Bus fast hundertzehn, brauchte dabei aber auch mühelos beide Fahrspuren, egal, wie stark Appaz das Lenkrad festhielt. Appaz nahm ein bisschen Gas weg. Bei fünfundneunzig wurde es besser, und er konnte wieder mit einer Hand lenken. Die andere hatte er auf dem Schaltknüppel, der bei jeder Teernaht ruckte und zitterte.

Kerschkamp fing an, von der Schule zu erzählen. Wie er in der Achten mal mit Richter in den Alpen war. Appaz kannte die Geschichte schon. Wie Richter jeden Morgen neue Regeln aufgestellt hatte, und wer gegen irgendeine dieser Regeln verstieß, musste sich die Hose runterziehen und kriegte von Richter mit der flachen Hand den Hintern versohlt. Und eines Tages hatte Richter dann absichtlich selber gegen eine dieser Regeln verstoßen und von den Schülern verlangt, dass sie ihn bestraften. Genau so, wie er sie sonst bestraft hatte. Mit Schlägen auf den nackten Hintern. Zu Hause hatte keiner was gesagt, weil sie alle Angst gehabt hatten. Woraufhin Richter im nächsten Jahr wieder in die Alpen fuhr. Mit einer neuen achten Klasse.

»Scheiße, was«, sagte Kerschkamp.

Sie waren sich einig, dass sie es in ihrer Schulzeit bisher eigentlich nur mit einem Haufen von Perversen zu tun gehabt hatten.

»Alle gestört und pervers«, sagte Kerschkamp.

»Oder alte Nazis«, sagte Appaz.

Kerschkamp nickte.

»Kannst du dich noch an Biesinger erinnern?«, fragte er.

Natürlich konnte Appaz sich noch an Biesinger erinnern. Biesinger war der, der sich immer von hinten an einen Schüler angeschlichen und ihm dann mit einem kräftigen Schlag den Kopf auf die Tischplatte gestoßen hatte. »Wenn du gerade gesessen hättest, wäre das nicht passiert«, war sein üblicher Kommentar gewesen, wenn sich wieder einer von ihnen die blutende Nase hielt.

Sie nahmen sich einen nach dem anderen vor. Bei Kunze hatten sie im Unterricht der Reihe nach ans Klavier treten und die Handzeichen für die einzelnen Noten herunterbeten müssen. Wer einen Fehler machte, bekam den Taktstock über die ausgestreckten Hände gezogen. Der Sportlehrer hatte einige Übung darin, unerwartet mit seinem Schlüsselbund quer durch die Turnhalle nach irgendwelchen Störenfrieden zu werfen. Der Geschichtslehrer schlug gerne mit seiner prall gefüllten Aktentasche zu. Und im Religionsunterricht lernten sie, dass der Russe nach dem Krieg, als er in Deutschland einmarschiert war, seine Kartoffeln grundsätzlich in der Kloschüssel wusch und zum Kacken den Keller benutzte. Weil er es nun mal nicht besser wusste. In Gemeinschaftskunde wiederum erfuhren sie, dass es den Negern vor allem an Milchpulver mangelte. Und in Erdkunde durften sie immer wieder den gleichen Super-8-Film sehen, in dem ihr Lehrer mit seinem Mercedes irgendwo mitten in Afrika bunte Bonbons an kleine Negerkinder verteilte.

»Meint ihr Gnuschke?«, fragte Lepcke von hinten. »Den hatte ich in Bio, und da musste ich mich auf den Tisch legen, damit er an meinem Knie die Kühnsche Nagelung zeigen konnte ...«

»Hat er bei mir auch gemacht«, erklärte Kerschkamp mit einem Nicken.

»Wisst ihr noch, wie er uns mal erzählt hat, dass seine Frau deshalb keine Kinder kriegen kann, weil sie Moos im Bauch hätte?«, fragte Appaz.

»Pervers«, sagte Kerschkamp. »Aber voll. Und jetzt müssen wir nochmal für ein Jahr dahin, Mann, Scheiße!«

»Hättest ja mehr machen können«, sagte Lepcke, »dann wärst du vielleicht nicht durchgefallen ...«

»Ach ja, ganz bestimmt!«, regte sich Kerschkamp auf. »Als ob das damit was zu tun gehabt hätte! Die wollten uns fertigmachen, kapierst du das nicht? Das finden die klasse, so was, die sind alle echt pervers, Mann, so Typen wie Böhmer, weißt du, was der zu mir gesagt hat? ›Wer mit einem Individuum wie Appaz befreundet ist, der hat bei mir keine Chance!‹ Hat er echt gesagt, letztes Jahr erst, habe ich dir das überhaupt erzählt?«

Er drehte sich zu Appaz.

Appaz nickte. Kerschkamp hatte es ihm erzählt. Er zuckte mit der Schulter und versuchte ein müdes Grinsen. Obwohl ihm nicht nach Grinsen zumute war.

»Du hättest trotzdem mehr machen können«, beharrte Lepcke.

»Ach nee, und was ist mit dir?«, fragte Kerschkamp.

»Hört doch mal auf mit dem Scheiß, Leute!«, bölkte Ratte, »wir haben Ferien, Mann, wir fahren nach Frankreich! Kennt ihr den: Les jeunes filles à douze ans aiment le chocolat, les jeunes filles à seize ans aiment le choque au lit?! Gut, was?!«

»Haha«, machte Kerschkamp.

Irgendwann gegen Mittag kamen sie an Frankfurt vorbei. Als sie zum Tanken auf eine Raststätte einbogen, fragte Appaz den Ami, ob er weiterfahren wolle.

»Klar«, sagte der Ami und kletterte hinters Lenkrad.

»Sag ich doch«, sagte Lepcke, »ist doch besser so, wenigstens noch einer mit Führerschein ...«

Appaz verzog sich nach hinten auf die Schlafsäcke.

Der Ami fuhr nicht schlecht. Appaz lag noch eine Weile einfach nur so da und starrte an die Decke. Der Motor dröhnte leise vor sich hin.

Ratte hatte sich den Kassettenrecorder halb unter den Kopf geschoben und hörte Ton Steine Scherben. Ich will nicht werden, was mein Alter ist ...

Rattes Vater war vor ein paar Jahren gestorben.

Aber das spielte keine Rolle, es ging nicht um Rattes Vater. Du musst arbeiten, du musst schaffen, so wie ich, sang Rio Reiser. Darum ging es. Dass ihnen keiner sagte, was sie zu tun hätten.

Als Appaz wach wurde, waren sie schon irgendwo hinter Saarbrücken. Kurz vor der Grenze nach Frankreich tankten sie wieder. Appaz tauschte den Platz mit dem Ami.

Als er das Seitenfenster zurückschob, um dem Zöllner ihre Pässe hinzuhalten, wusste er schon, dass es Ärger geben würde.

Ratte hatte den Kassettenrecorder auf volle Lautstärke gestellt. Immer noch Ton Steine Scherben. *Macht kaputt, was euch kaputt macht.* Der Zöllner verschwand mit ihren Pässen in seiner Bude. Es dauerte. Kerschkamp rauchte.

»He, Mann, was wird das denn?«, fragte Lepcke von hinten. Er trommelte mit den Fingern nervös auf der Rückenlehne. Sein Kopf war knallrot, und auf seiner Stirn glänzten dicke Schweißperlen.

»Komm runter, Alter«, sagte Kerschkamp und zog in Sekundenabständen an seiner Kippe.

Ein anderer Zöllner kam aus der Bude und winkte sie auf einen Parkplatz neben der Fahrbahn. Sie sollten aussteigen. Appaz stellte den Motor ab.

Der Ami tat so, als hätte er nichts mitgekriegt. Im nächsten Moment waren die Bullen da. Junge Typen, kaum älter als sie selbst. Zwei von ihnen hatten eine Maschinenpistole. Sie rissen die Heckklappe auf und zerrten den Ami vom Bett. Der *Steppenwolf* klatschte mit aufgeschlagenen Seiten zu Boden.

Sie mussten sich breitbeinig an der Seite des Busses aufstellen, die Arme ausgestreckt, die Hände gegen die Scheiben gedrückt.

Als die Bullen sie abtasteten, fing der Ami an zu kichern.

»Scharfe Nummer«, meinte Ratte halblaut, »muss ich mir für Sabine merken …« Aber seine Stimme klang anders als sonst, irgendwie dünner und höher.

Der Ami hatte ein Messer in einer Lederscheide am Gürtel hängen.

Was das sei, wollte einer der Bullen wissen.

Der Ami kicherte.

Appaz fragte, ob Messer seit neuestem verboten seien.

»Nein«, sagte der Bulle, »nicht, wenn man sie nur zum Brotschneiden benutzt.«

Der Ami kicherte schon wieder.

Appaz wusste nicht, was er antworten sollte.

Der Bulle beugte sich zwischen Appaz und Ratte hindurch und zog Rattes funkelnagelneue Reisetasche unter der Sitzbank hervor. Machte den Reißverschluss auf und wühlte mit einer Hand eher halbherzig zwischen Rattes Unterhosen. Bis er eine eingeschweißte Packung Leberkäse in die Finger bekam. Die Packung war von innen beschlagen, der Leberkäse schimmerte grünlich-grau durch das Schwitzwasser.

»Herta«, ließ sich Ratte vernehmen, »billig und gut.«

Angewidert zog der Bulle die Hand zurück. Aus den Augenwinkeln sah Appaz, wie der Zöllner mit ihren Pässen zurückkam. Er zuckte mit der Schulter und nickte. Die Bullen nahmen ihre Maschinenpistolen runter. Sie durften sich wieder normal hinstellen und bekamen die Pässe ausgehändigt.

»Und was sollte das Ganze jetzt?«, fragte Ratte. »Ich meine, das ist doch echt Scheiße, Mann …«

»Halt's Maul«, zischte Kerschkamp.

»Routinekontrolle«, sagte der Bulle. Im Umdrehen trat er mit dem Stiefel wie aus Versehen gegen den hinteren Reifen. Die Stoßstange schepperte. Der Bulle bückte sich, um einen Blick auf das Reifenprofil zu werfen. Der Reifen war fast neu.

Ohne ein weiteres Wort zog der Bulle ab. Die Maschinenpistolen-Knechte hinter ihm her.

Der Zöllner wünschte ihnen eine gute Weiterfahrt.

Sie kletterten zurück in den Bus. Als Appaz die Kupplung trat, merkte er, dass ihm die Knie zitterten.

»Dein Leberkäse hat es voll gebracht«, sagte Kerschkamp grinsend nach hinten zu Ratte. »Guter Trick! Wenn du Dope schmuggeln willst, packst du einfach jede Menge gammligen Leberkäse oben drauf.«

»Ist nicht gammlig«, sagte Ratte, »ist bei meiner Mutter aus dem Kühlschrank.«

»Genau das meine ich«, sagte Kerschkamp.

»Hä?«, machte Ratte.

»Was glaubt ihr, was haben die gesucht?«, mischte sich Lepcke ein.

»Irgendwen von der RAF, Terroristenfahndung«, sagte Appaz.

»Klar«, meinte Kerschkamp, »ist doch bekannt, dass die mit alten VW-Bussen rumfahren, deshalb. Echt«, setzte er hinzu, »die Bullen sind so doof, ist doch klar, dass die keinen kriegen. Die müssen Opel und Ford kontrollieren und so, da sitzen die Terroristen drin.«

»VW-Passat«, sagte Lepcke. »Audi 80 und so.«

»Genau«, nickte Kerschkamp. »Die Biedermannautos. Aber immer mit der größten Maschine, die es gibt. Von wegen Fluchtauto und so, damit sie schnell wegkommen.«

»Alles Faschisten, die Bullen«, erklärte Ratte und drehte den Kassettenrecorder wieder auf volle Lautstärke: Wir müssen hier raus, das ist die Hölle. Wir leben im Zuchthaus. Wir sind geboren, um frei zu sein, wir sind zwei von Millionen, wir sind nicht allein …

Für einen Moment grölten sie alle mit. Bis auf den Ami. Appaz konnte im Rückspiegel beobachten, wie er mit den Fingern an der alten Hängematte zupfte, die sie hinten quer als Gepäcknetz gespannt hatten.

»Irgendwo in Hessen haben sie neulich einen erschossen«, brüllte Kerschkamp gegen die Musik an, »einfach so. Genauso Typen wie bei uns eben, mit Maschinenpistolen. Bei einer Verkehrskontrolle. Der Typ fasst ins Handschuhfach, weil er da seine Papiere drin hat, aber die denken, er will eine Waffe rausholen oder so, und zack!, halten sie voll drauf, und das war's.«

»Faschisten, sag ich doch«, brüllte Ratte zurück.

»Voll der Polizeistaat«, meinte Kerschkamp. Um gleich darauf hinzuzusetzen: »Dabei fällt mir übrigens gerade Tietemann wieder ein, wisst ihr eigentlich, dass der irgendwelche Informationen weitergibt, über Schüler, meine ich, und zwar an den Verfassungsschutz!«

Tietemann war Lehrer an ihrer Schule. Er zeichnete sich vor allem dadurch aus, dass er die Namen seiner Schüler kurzerhand durch »Rindvieh« oder »Hornochse« und ähnliche Begriffe ersetzte, an denen er dann unbeirrbar für die nächsten Jahre festhielt. Dass er als Spitzel für den Verfassungsschutz arbeiten würde, war ein Gerücht, das schon seit längerer Zeit die Runde machte.

»Ist nur ein Gerücht«, sagte Appaz. »Muss nichts dran sein.«

»Wird schon stimmen«, meinte Kerschkamp, »wetten?«

Sie wollten quer durch die Berge. Auf kleinen Landstraßen in Richtung Troyes. Und dann an der Loire entlang in die Bretagne.

Erst mal. Und dann weitersehen.

Der Bus quälte sich knatternd die Steigung hoch. Eine halbe Ewigkeit hingen sie hinter einem Laster mit Anhänger, der sie mit schwarzem Dieselqualm einnebelte. Aber kaum ging es ein Stück bergab, so dass sie überholen konnten, wurde auch der Laster schneller.

Als Appaz hupte, damit er sie vorbei ließ, zog er mit einem Schlenker auf die Gegenfahrbahn.

»Der findet das witzig, der Arsch«, erklärte Kerschkamp. »Echt, jetzt wäre natürlich eine Karre mit richtig PS schon Wahnsinn, und dann einfach rechts vorbei …«

Das nächste Kaff hieß St. Mihiel. Appaz hatte keine Lust mehr weiterzufahren. Und Kerschkamp und Ratte wollten unbedingt was essen.

»Aber richtig«, erklärte Ratte. »Restaurant oder so.«

Es war inzwischen nach acht. Und jeder Laden war verrammelt. Das einzige Restaurant gehörte zum Hôtel Central. Auf dem Parkplatz stand ein einsamer R4.

»He, ich weiß was, Leute«, sagte Kerschkamp. »Wir spachteln erst mal richtig und kaufen uns ein paar Pullen Wein und dann nehmen wir uns ein Zimmer oder so, wär doch spitze, oder?«

Er blickte nach hinten.

»Ich dachte, wir wollten Camping machen …«, sagte Lepcke.

»Siehst du hier irgendwo einen Campingplatz?«, fragte Kerschkamp. »Oder willst du das Zelt auf dem Parkplatz aufstellen oder was?«

»Vergiss es«, sagte Ratte. »Die Idee ist geil. Wir gehen voll ins Hotel.«

»Und der Bus?«, fragte Appaz.

»Ich bleibe hier«, ließ sich der Ami vernehmen. »Ich hab sowieso keine Lust, was zu essen.«

Appaz guckte Kerschkamp an.

Kerschkamp zuckte mit der Schulter.

»Los, Leute«, sagte Ratte und stiefelte mit seiner Reisetasche zum Hoteleingang rüber.

Appaz gab dem Ami die Autoschlüssel.

»Wenn du pinkeln musst, kannst du ja zu uns ins Zimmer kommen«, sagte Lepcke.

»Oder zum Frühstück«, sagte Appaz.

Der Ami wühlte wortlos seinen Schlafsack aus dem Gepäck. Irgendwie war es Appaz ganz lieb, dass er nicht mitkam. Ohne dass er genau sagen konnte, weshalb eigentlich.

Der Gastraum war genauso leer wie der Parkplatz. Und wer immer zu dem R4 gehörte, saß jedenfalls auch nicht an der Theke.

»Vielleicht der Koch«, meinte Kerschkamp. »Könnte doch sein …«

Eine Frau kam aus der Küche geschlurft. Mit einer Kittelschürze, die nur halb zugeknöpft war. Die Frau war zu fett. Die Träger ihres Büstenhalters schnitten tief ins Fleisch.

»Du redest«, sagte Kerschkamp und verpasste Lepcke einen Rippenstoß.

»Wollen wir nicht lieber …«, setzte Lepcke an.

»Quatsch«, unterbrach ihn Kerschkamp sofort, »frag erst mal, was ein Zimmer kostet.«

»Und ob wir überhaupt noch was zu essen kriegen in dem Schuppen hier«, sagte Ratte.

Lepcke stotterte ein paar Sätze vor sich hin. Appaz verstand so gut wie gar nichts. Aber er war auch der Einzige von ihnen, der Latein hatte statt Französisch. Die drei Jahre Wahlunterricht in der nullten Stunde bei Kosarchew zählten eher nicht. Zumal Korsarchew ihn grundsätzlich mit einer Fünf bedacht hatte. Was vielleicht auch nicht ganz ungerechtfertigt gewesen war.

Die Frau schien ebenfalls kaum etwas von Lepckes Stotterei zu verstehen. Allerdings hatte Lepcke auch die Angewohnheit, die Zähne beim Reden nicht auseinanderzukriegen. Zumindest wenn er aufgeregt war.

»Une chambre«, erklärte Ratte und hielt einen Finger hoch.

»Pour une nuit«, sagte Kerschkamp und hielt ebenfalls einen Finger in die Höhe.

Die Frau fragte irgendwas.

»Klar für uns, für wen sonst?«, erwiderte Kerschkamp und nickte.

»Pour quatre personnes …« Er zeigte erst vier Finger und dann noch mal auf jeden von ihnen.

Die Frau musterte sie.

»Jetzt überlegt sie, ob wir schwul sind«, stellte Ratte fest.

»Combien?«, fragte Kerschkamp und rieb Daumen und Zeigefinger aneinander, um klarzumachen, dass er wissen wollte, wie viel das Zimmer kostete.

»Dreißig«, sagte die Frau und langte hinter sich zum Schlüsselbrett. Knallte einen Schlüssel auf den Tresen und sagte: »Wenn Sie noch was essen wollen, kann ich Ihnen Steak frites anbieten. Avec d'haricots verts.«

»Die … die redet ja deutsch …«, stotterte Ratte verblüfft.

»Ist ja irre«, sagte Kerschkamp.

»Selbstverständlich«, sagte die Frau.

Appaz bestellte viermal Steak frites.

»Und irgendwas zum Nachtisch«, sagte Ratte.

Das Zimmer war riesig und roch nach ungelüfteten Betten. Kerschkamp stieß die Fensterläden auf.

Unter einem Ölbild mit irgendeiner Blumenwiese stand ein Doppelbett. Und an der Wand eine Klappliege.

»Das sind aber nur drei Betten«, stellte Lepcke fest.

»Mann, bist du blöd?«, regte sich Ratte auf. »Für dreißig Franc, Alter, überleg mal! Ist doch geil!«

Er warf sich quer über das Doppelbett.

»Und außerdem kann einer auf dem Fußboden schlafen, sind ja genug Decken da …«

»Ich nicht«, sagte Lepcke, »ich nehme die Liege.«

Kerschkamp verschwand auf dem Flur. Als er zurückkam, sagte er: »Das Klo ist okay.«

»Hä?«, machte Ratte. »Und was ist das da?«

Er zeigte auf das Bidet, das neben dem Waschbecken stand.

»Zum Arsch abspülen«, sagte Kerschkamp. »Das ist in Frankreich so.«

»Echt?«, fragte Ratte und drehte den Wasserhahn auf. »Ist ja irre …«

Ratte zog den Reißverschluss seiner Jeans auf. Er grinste und pinkelte in das Bidet.

»Du bist eine Sau«, sagte Lepcke.

Kerschkamp drehte sich zu Appaz.

»Willst du im Bett schlafen?«, fragte er. »Dann geh ich auf den Fußboden …«

»Vergesst es«, sagte Ratte, während er die letzten Tropfen abschüttelte und seinen Schwanz wieder in der Hose verstaute, »ich penne auf dem Fußboden. Ich leg mich doch nicht mit einem von euch ins Bett und lass mich angrabbeln, nee, Leute, nicht mit mir!«

»Haha«, machte Kerschkamp.

Als sie in den Gastraum zurückkamen, wartete die fette Frau schon auf sie. Aus der Küche drang der Geruch nach gebratenem Fleisch und altem Öl. Dennoch waren die Pommes dann das einzig Genießbare, die Steaks waren zäh wie Leder, und die Bohnen faserig und kaum weniger hart.

Sie tranken Rotwein aus der verschmierten Karaffe, die die Frau ihnen auf den Tisch gestellt hatte, zusammen mit einer angestoßenen Platte, auf der ein Camembert zerlief und ein paar einsame Salamischeiben vor sich hin schwitzten.

Ratte verlangte mehr »pain«. Als die Karaffe leer war, brachte ihnen die Frau wortlos eine neue.

Appaz merkte, wie ihm der Wein in den Kopf stieg.

Ratte rülpste und lehnte sich zurück. Aus dem Radio hinter der Theke dröhnte Gilbert Becaud. Monsieur hunderttausend Volt.

»Scheißmusik«, meinte Kerschkamp und angelte sich die Reste von Lepckes Steak. »Scheißfraß.«

»Sollen wir dem Ami vielleicht was rausbringen?«, fragte Lepcke.

»Quatsch«, meinte Kerschkamp mit vollem Mund, während er sich die letzten Pommes auf den Teller schaufelte.

»Eine Tüte wäre geil jetzt«, stellte Ratte fest. »Morgen müssen wir echt sehen, wo wir was kriegen …«

Auf dem Weg ins Zimmer hatte Lepcke deutlich Mühe, die Treppenstufen nicht zu verfehlen. Ratte haute sich auf den Boden, schob sich seinen Parka unter den Kopf und furzte.

Draußen wurde ein Auto angelassen. Wahrscheinlich der R4. Appaz starrte ins Dunkel, bis das Licht der Scheinwerfer über die Tapete huschte. Irgendwo betätigte jemand die Klospülung. Dann war alles still.

»Nacht«, sagte Kerschkamp.

»Nacht«, sagte Appaz.

Ratte schnarchte. Und Lepcke knirschte im Schlaf mit den Zähnen. Die Bettdecke roch nach Mottenpulver.

Nach einer Weile fing Kerschkamp an zu wichsen. Erst nur ganz vorsichtig, aber dann immer schneller.

Appaz drehte sich zur Seite.

Kerschkamp wartete einen Moment, dann erledigte er den Rest. Als er kam, knackte er mit den Zehen.

Appaz wurde wach, weil ihm die Sonne ins Gesicht schien. Unten auf dem Platz dröhnte ein Müllaster. Eine Männerstimme rief etwas auf Französisch.

Ratte hockte auf dem Bidet. Als er sah, dass Appaz wach war, grinste er.

»Geil, so'n Bidet.«

Er drehte den Hahn auf und wischte sich mit der Hand den Hintern ab. Stand auf und zog seine Jeans hoch.

»Du bist eine solche Sau«, ließ sich Lepcke von seiner Liege vernehmen.

»Gut geschlafen?«, fragte Appaz.

»Geht so«, sagte Lepcke.

Ratte putzte sich die Zähne, wobei er den Schaum spuckend und prustend zu gleichen Teilen auf den halbblinden Spiegel und sein T-Shirt verteilte.

Schlaftrunken streckte Kerschkamp den Kopf unter der Decke hervor. Auf seiner Nase glänzte ein Eiterpickel.

Sie beschlossen, auf das Hotelfrühstück zu verzichten und lieber irgendwo unterwegs ein paar frische Baguettes zu kaufen.

Der Ami hatte die Heckklappe aufgemacht. Er las schon wieder im *Steppenwolf*.

3

In Troyes verfuhren sie sich. Bis sie herausfanden, dass sie immer nur den Schildern »Autres directions« folgen mussten.

Irgendwo zwischen Sens und Orléans fing Kerschkamp an, von Delius zu erzählen, der bei ihnen in der Parallelklasse war und bei einer Therapiegruppe mitmachte.

»Mit Schreien und so«, sagte Kerschkamp. »Und neulich hatten sie einen Guru da, aus Indien. So ein Typ, der nichts gegessen hat, weißt du? Der hat immer nur Wasser getrunken und im Yogasitz auf dem Fußboden gehockt. Aber dann war Wochenende, und sie haben ihn aus Versehen eingeschlossen. Und als sie am Montag wieder hinkamen, war der Guru inzwischen verhungert. Stimmt echt, hat mir Delius selber erzählt …«

»Haha«, machte Ratte von hinten.

Kerschkamp zuckte mit der Schulter.

»War aber so, kannst du mir glauben.«

Ratte schob eine neue Kassette in den Recorder. Genesis. *A Nursery Crime.* I heard the old man tell his tale, tinker alone within a storm … Aber Lepcke wollte wieder Zappa hören. *Roxy and Elsewhere.*

»Auch gut«, meinte Ratte.

Aber als er die Play-Taste drückte, gab der Kassettenrecorder keinen Ton mehr von sich.

»Das ist der Scheißspannungswandler, den der Dicke gebaut hat«, fluchte Ratte. »Null Saft. Kannst du vergessen!«

»Wir können die Taschenlampenbatterien nehmen«, schlug Kerschkamp vor und fummelte die Taschenlampe aus dem Kasten unter der Sitzbank hervor.

»Scheiße, sind leer«, sagte er, nachdem er vergeblich versucht hatte, die Lampe anzuknipsen.

»Leg sie hinter die Windschutzscheibe«, schlug Lepcke vor, »wenn sie richtig heiß sind, funktionieren sie wieder ...«

Kerschkamp packte die Batterien auf die Heizungsschlitze hinter der Scheibe.

»Das bringt es nicht, ohne Musik zu fahren«, stellte Ratte fest.

Kerschkamp kramte Appaz' Mundharmonika aus dem Handschuhfach. Er blies ein paar schiefe Töne.

»Du musst ziehen«, sagte Appaz, »quetsch die Lippen mehr zusammen ...«

»Das nervt«, rief der Ami von hinten.

»Bin ich John Mayall oder was?«, fragte Kerschkamp beleidigt und legte die Mundharmonika wieder weg.

Links von ihnen war die Loire. Appaz hatte sich den Fluss nicht so breit vorgestellt. An manchen Stellen ragten Sandbänke aus dem grünblauen Wasser. Wie kleine Inseln, mit Büschen und sogar Bäumen darauf, deren Zweige dicht über dem Fluss hingen.

Die Straße war nicht schlecht, aber die Kurven verliefen genau so, dass der Steg der Windschutzscheibe Appaz immer wieder für einen Moment die Sicht nahm. Und der blöde Trockenfisch, den Hansi von seinem Ausflug an die Ostsee mitgebracht und als Glücksbringer an den Rückspiegel gehängt hatte, baumelte nervtötend hin und her, bis Kerschkamp ihn kurzerhand abriss und zwischen die Batterien warf.

Appaz merkte, dass er langsam müde wurde. Kerschkamp ging es genauso. Aber jedes Mal, wenn er gähnen musste, drehte er sich zur Seite, damit Appaz nichts merkte.

Appaz brach sich ein Stück Scho-Ka-Kola ab und hielt Kerschkamp die rotweiße Blechdose hin. Er hatte keine Lust, den Ami fahren zu lassen.

»Leonard Cohen hat mal geschrieben, dass er das Lenkrad lieber selbst in der Hand haben will, wenn er sich schon dem ganzen Chaos aussetzt«, erzählte er Kerschkamp.

Kerschkamp grinste.

»Bei seinen Songs wäre es aber irgendwie schon besser gewesen, wenn er mal jemand anders rangelassen hätte …«

In Saumur war ein Campingplatz ausgeschildert. Eine Wiese mit hohen Bäumen auf einer Insel im Fluss. An der Einfahrt lungerten ein paar Jugendliche rum. Langhaarige. Ein Typ mit einer dicken Hornbrille nickte ihnen zu.

»Französische Freaks, oder was?«, meinte Kerschkamp, als sie vorbeifuhren.

Sie bauten das Zelt auf. Lepcke holte Wasser

vom Klo und rührte auf dem Campingkocher eine Tütensuppe an.

»Und danach Ravioli in Tomatensauce«, sagte Ratte und kramte die entsprechende Dose aus dem Karton mit den Vorräten.

Plötzlich waren die Jugendlichen da. Wie selbstverständlich hockten sie sich zu ihnen auf den Rasen.

»Wollt ihr auch was?«, fragte Kerschkamp.

»'aschisch?«, fragte der mit der Hornbrille.

»Nee«, grinste Kerschkamp, »Soupe de jour. Et après du Ravioli …«

»He, warte mal«, mischte sich Ratte ein, »vielleicht wollen die uns was verkaufen, kapierst du? – Haschisch?«, wendete er sich an die Hornbrille. »Dope?«

»Oui, oui …«

Der Typ förderte eine Blechdose aus seiner Umhängetasche zutage.

»'aschisch …«

»O nee, Leute«, ließ sich der Ami vernehmen, »was soll das denn jetzt?«

Aber keiner beachtete ihn. Die Franzosen klebten mehrere Rizla-Blättchen zusammen und bauten einen Joint, der sich sehen lassen konnte. Ratte riss einen schmalen Streifen Pappe vom Einband eines zerfledderten Donald-Duck-Taschenbuchs.

»Was Besseres als Mundstück gibt es gar nicht«, klärte er die Franzosen auf, die kein Wort verstanden, aber freundlich nickten.

Ein oder zwei Stunden später kochte die Tütensuppe immer noch vor sich hin. Ratte löffelte die Ravioli kalt aus der Dose. Und sie waren alle so breit, dass sie Mühe hatten, die Hand mit dem Joint überhaupt noch an die Lippen zu kriegen.

Auch der Ami war breit. Er wollte ihnen unbedingt aus dem *Steppenwolf* vorlesen. Keiner brachte die Energie auf, ihm zu sagen, dass er nervte.

Der mit der Hornbrille spielte Gitarre. Mehr schlecht als recht. Er hieß Didier. Und sein Kumpel hieß Jean-Jacques. Oder Jean-Pierre. Egal, irgendwas mit Jean jedenfalls. Er prügelte wie wild auf die Bongos ein, die Kerschkamp aus dem Bus geholt hatte.

Die Franzosen luden sie für abends ein. Bei Jean war eine Fete. Oder bei Pierre. Egal.

»Avec des filles«, sagte Didier.

»Geil«, erklärte Ratte. »Wir kommen.«

Didier kritzelte die Adresse auf einen Zettel und beschrieb ihnen, dümmlich vor sich hin kichernd, den Weg. Dann wankten die Franzosen quer über den Platz in Richtung Stadt, um noch Bier zu kaufen.

Lepcke tauchte einen Löffel in die Tütensuppe und verbrannte sich prompt die Lippen. Der Ami lag auf der Seite und pennte. Ein Spuckefaden tropfte auf den *Steppenwolf*.

Als Appaz zum Klo ging, um sich zu waschen, kam ihm Kerschkamp entgegen.

»Scheißklos«, sagte er und schien für einen Moment vollkommen nüchtern zu sein, »da gehe ich nicht drauf. Alles vollgeschissen.«

Kerschkamp hatte recht. Die Klos waren ziemlich widerlich. Stehklos. Und so verdreckt, dass Appaz mit seinen Turnschuhen lieber gar nicht erst den Versuch machte, sich auf die Trittrasten zu stellen.

Er putzte sich die Zähne an einem Waschbecken, das kaum besser aussah.

Ratte hatte inzwischen eine Dose Leberwurst aufgemacht. Sie schmierten sich jeder ein Stück Baguette.

»Ölsardinen wären geil jetzt«, meinte Ratte mit vollem Mund, »da kannst du hinterher trinken ohne Ende. Wir müssen unbedingt Ölsardinen kaufen, wenn wir in die Stadt gehen. Oder glaubst du, die haben hier gar keine Ölsardinen?«

»Klar haben die Ölsardinen«, sagte Kerschkamp. »Ölsardinen gibt's überall.«

Als sie über die Brücke kamen, war gleich rechts ein Straßencafé. Sie steuerten einen leeren Tisch an und bestellten Milchkaffee. Bis auf Ratte, der unbedingt Pernod trinken wollte. Sie waren immer noch breit.

Die Straße vor ihnen flimmerte in der Hitze, obwohl die Sonne schon hinter den Häusern verschwunden war.

Ein paar französische Männer am Nachbartisch guckten böse zu ihnen rüber. Kerschkamp verschwand aufs Klo. Er blieb eine Ewigkeit weg. Der Ami faselte von irgendwelchen Freimaurern, die in den höchsten Positionen sitzen und eine weltweite Verschwörung aushecken würden. Woraufhin Ratte erzählte, dass er mal nachts mit der Eisenbahn irgendwohin gefahren sei, und da sei eine Baghwan-Frau im Abteil gewesen, mit der er dann gebumst habe. Obwohl noch ein anderer Typ mit im Abteil saß, aber der schlief.

»Das ist ganz normal für die«, sagte Ratte, »freie Liebe und so, voll geil!«

»Glaube ich nicht«, sagte Lepcke. »Echt, einfach so?«

»Klar.« Ratte nickte. »Ist bekannt. Weiß doch jeder.«

Kerschkamp kam vom Klo.

»Mann, hat das gutgetan … Kann ich nur empfehlen, Leute!«

Als Appaz die Kabinentür hinter sich zuschloss, sah er die Kugelschreiberschrift auf der Tapete neben dem Lichtschalter: KERSCHKAMP WAS HERE. HEAVY TOUR '75.

Die Party war ein paar Straßen weiter. Sie brauchten nicht lange nach der Hausnummer zu suchen, weil die Musik so laut war, dass sie es sogar durch die geschlossenen Fenster hörten. Im Treppenhaus stolperten sie über ein knutschendes Pärchen. Ratte grinste. Der Ami guckte angewidert weg.

Die Wohnungstür war offen. Im Flur drückte sich das nächste Pärchen rum. Das schon deutlich weiter war als das im Treppenhaus.

»O Mann«, stöhnte Ratte glücklich. »Geil.«

Didier kam mit einer Flasche Rotwein auf sie zugetorkelt. Er umarmte einen nach dem anderen, als wären sie uralte Freunde und hätten sich Jahre nicht gesehen. Dann stürzte er plötzlich in die Küche und kotzte in die Spüle.

Ratte zuckte mit den Achseln und zeigte mit dem Kopf auf das Pärchen in der Ecke. Der Typ trug ein grellorangefarbenes Jeanshemd. Appaz konnte nur seinen Rücken sehen und die Beine der Frau, die seinen Hintern umklammerten.

Kerschkamp boxte Appaz in die Seite und hielt grinsend seinen Daumen in die Höhe. Der Ami sah aus, als wollte er Didier gleich beim Kotzen Gesellschaft leisten.

Sie drückten sich in den Raum, aus dem die Musik kam. Ein Sofa stand beiseite gerückt an der Wand. Auf dem Teppich saßen ein paar Leute im Kreis und ließen einen Joint rumgehen. Jean oder Pierre oder wer auch immer legte gerade eine neue Platte auf. Ratte steuerte zielstrebig den Platz neben einem Mädchen mit langen blonden Haaren an und begann augenblicklich damit, sie zuzulabern. Appaz quetschte sich auf ihre andere Seite.

»Daytime is not my time«, dröhnte es aus den Lautsprechern, »but my time is the right time …«

»Hä?«, machte Kerschkamp verblüfft. »Das ist doch Jane, Leute!«

Appaz nickte. Verrückt. Sie waren auf einer Party mitten in Frankreich, und die Franzosen hörten Jane.

»Jane ist aus Hannover«, versuchte Kerschkamp Jean oder Pierre zu erklären, »genau wie wir! D'Hanovre, wie wir …«

Jean oder Pierre grinste und hielt Kerschkamp den Joint hin.

Ratte wollte der Blonden klarmachen, dass sie auch eine Band hätten. Pain in the Ass. Mit ihm als Gitarristen. »And also him«, er zeigte auf Lepcke. »He plays guitar, too.«

»You are Jane?«, fragte die Blonde ungläubig.

»Nein … o Mann, erklär du es ihr!«

Ratte stand auf, um sich eine Flasche Bier aus der Küche zu holen. Appaz nutzte die Gelegenheit und machte es sich ein bisschen bequemer. Mit dem Kopf auf dem Oberschenkel der Blonden. Sie schien nichts dagegen zu haben. Sie beugte sich vor, so dass ihm ihre Haare übers Gesicht streiften.

»We play the blues«, erklärte Appaz an ihren Brüsten vorbei, die sich deutlich unter ihrem T-Shirt abzeichneten.

»But we know Jane«, ließ sich Kerschkamp von irgendwoher vernehmen, »and I'm a drummer, too. Like Peter Panka from Jane, you know?«

»I like the blues«, flüsterte die Blonde und beugte sich noch weiter vor.

Appaz hob seinen Kopf ein bisschen und küsste sie.

»He, warte mal, was soll das denn?«

Ratte war zurück. Appaz hörte, wie er sein Bier aufmachte.

Die Blonde schob ihm ihre Zunge zwischen die Lippen. Sie strich ihm über den Arm und über die Schulter. Dann blieb ihre Hand auf seiner Brust liegen.

»I love the blues«, flüsterte Appaz an ihrem Mund.

Sie kicherte. Richtete sich auf und warf ihre Haare zurück. Appaz war schwindlig.

»Kameradenschwein«, stellte Ratte fest. »Aber hier, hast du schon gesehen, wie das Bier bei denen hier heißt?«

Er hielt Appaz die Flasche hin und lachte blöde.

»La Meuse«, las Appaz.

»Ist ja irre«, sagte Kerschkamp.

Der Typ mit dem orangefarbenen Hemd kam ins Zimmer, und die Blonde nahm ihre Hand von Appaz' Brust. Der Typ sagte etwas zu ihr. Sie warf wieder ihre Haare zurück und stand auf. Er zog sie hinter sich her aus dem Zimmer.

»Hä?«, machte Ratte und rülpste. »Kapier ich nicht.«

Jean oder Pierre beugte sich zu Kerschkamp und redete hektisch auf ihn ein.

»Was ist denn los plötzlich?«, wollte Ratte wissen.

»Irgendwas, dass wir besser gehen sollen«, sagte Kerschkamp, »wegen Kurt eben und der Blonden ...«

»Wieso? Ist das die Freundin von dem Typen oder was?« Rattes Stimme klang aggressiv. »Das ist doch der Hühnerficker vom Flur eben, was will der überhaupt?«

Er stand leicht schwankend auf.

»Lass uns abhauen«, sagte Appaz.

»Genau«, sagte Kerschkamp.

Jean oder Pierre war voll damit beschäftigt, den nächsten Joint zu rollen. Die anderen taten so, als wären Appaz und seine Freunde schon nicht mehr da.

»Das ist doch Scheiße«, schimpfte Ratte laut, »was soll das überhaupt? Ich denke, das ist eine Party hier ...«

Aber er folgte Kerschkamp und Appaz auf den Flur. Von dem Typen mit dem orangefarbenem Hemd war nichts zu sehen. Von der Blonden auch nicht. Didier saß in der Küche und hatte offensichtlich nochmal gekotzt. Diesmal auf den Fußboden. Aber er hob die Hand, als er sie sah.

Lepcke stand an der Tür zum Klo und rüttelte an der Klinke.

»Scheiße«, sagte er, »der Ami hat sich eingeschlossen ... Los, Mann, jetzt mach schon auf!«

Lepcke haute mit der Faust gegen die Tür.

»Mach auf, Mann!«

Appaz guckte erst Kerschkamp an und dann Ratte. Sie hatten keine Ahnung, was sie machen sollten.

Die Klotür ging auf. Der Ami kam kichernd raus.

»Habt ihr Schiss gekriegt, was?«

Er kicherte immer weiter.

»Sehr witzig«, sagte Lepcke beleidigt.

»Los, wir gehen«, erklärte Kerschkamp und schob den Ami vor sich her ins Treppenhaus.

Als sie auf die Straße kamen, stand auf der anderen Seite die Blonde. Mit einem Mädchen im Minirock. Sie drehten sich schnell weg. Jetzt sah Appaz auch den Typen mit dem orangefarbenen Hemd. Er lehnte ein Stück entfernt an der Hausmauer und rauchte. Und er war nicht alleine. Appaz konnte drei oder vier andere Typen hinter ihm im Halbdunkel erkennen.

»Scheiße«, sagte Ratte und bückte sich zum Bordstein, um den Boden der Bierflasche abzuschlagen, die er mitgenommen hatte.

»Hör auf«, sagte Kerschkamp.

Ratte guckte hoch.

»Ich mach's«, sagte er.

Appaz schüttelte den Kopf und zog ihn mit sich.

»Sie kommen«, sagte Kerschkamp.

Lepcke war der Erste von ihnen, der anfing zu rennen.

»Habt ihr Schiss oder was?«, fragte der Ami keuchend.

Appaz blaffte ihn an, dass er endlich die Schnauze halten sollte. Der Ami hatte keine Ahnung, worum es überhaupt ging.

Als sie auf die Hauptstraße einbogen, wurden sie ein bisschen langsamer. Appaz war froh, dass noch so viele Leute unterwegs waren. Der Typ mit dem orangefarbenen Hemd und seine Freunde waren verschwunden.

An der Brücke fing Lepcke wieder an zu rennen.

»Glaubst du, dass sie auf den Campingplatz kommen?«, keuchte Kerschkamp neben Appaz.

»Quatsch«, sagte er. Aber ganz sicher war er sich nicht.

»Ihr habt Schiss, das sehe ich doch!«, kicherte der Ami.

Ratte hielt immer noch die leere Bierflasche in der Hand. Und nahm sie auch mit, als er in den Bus kletterte. Sie hatten entschieden, dass immer einer im Bus schlafen durfte. Der Reihe nach. Heute war Ratte dran. Die anderen quetschten sich ins Zelt.

Appaz lag noch eine ganze Weile wach. Der Ami stöhnte im Schlaf und schmatzte laut. Appaz hörte, wie Lepcke direkt hinter das Zelt pinkelte, weil er Angst hatte, nach vorne zum Klo zu gehen. Später schreckte er aus irgendeinem bescheuerten Traum hoch und war überzeugt, dass jemand sich am Reißverschluss des Zeltes zu schaffen machte. Aber es war nur Kerschkamp, der seinen Schlafsack aufgezogen hatte, weil ihm zu warm geworden war.

Das Zelt stand so, dass sie ab neun in der prallen Sonne lagen. Aber im Bus schien es nicht viel besser zu sein. Rattes T-Shirt war bereits klatschnass geschwitzt, als er den Kopf ins Zelt steckte und fragte, ob einer von ihnen mit zum Baden käme.

»In diesem Fluss hier«, sagte Ratte, »muss doch geil sein.«

»Loire«, sagte Lepcke, »der Fluss heißt Loire.«

»Du mich auch«, sagte Ratte.

Am Ufer waren ein paar flache Tümpel. Das Wasser reichte ihnen kaum bis zu den Knien und war ziemlich warm.

»Wie Pisse«, stellte Kerschkamp fest.

»La Meuse«, sagte Ratte und stürzte sich kopfüber in den Fluss.

Sie schwammen ein paar Runden. Lepcke war der einzige von ihnen, der mit dem Kopf nicht untertauchte. Appaz war überrascht, wie gut der Ami schwimmen konnte. Hatte er ihm irgendwie nicht zugetraut.

Als sie zum Campingplatz zurückkamen, saßen Didier und Jean oder Pierre und die Blonde bei ihnen vorm Zelt.

»Hi«, sagte die Blonde und lächelte Appaz zu. Didier hatte immer noch das T-Shirt von der Party an. Auf dem Bauch war ein festgetrockneter Kotzfleck. Aber es schien ihm deutlich besser zu gehen als am Abend zuvor.

Sie hatten frisches Baguette mitgebracht. Kerschkamp kochte einen großen Topf Instantkaffee.

Appaz hockte sich neben die Blonde. Jedes Mal, wenn sich einer von ihnen bewegte, berührten sich ihre Arme.

»Und was sollte die Scheiße gestern Abend?«, fragte Ratte, während er sich den weißen Teig aus seinem Stück Baguette in den Mund stopfte.

Der Ami kicherte.

»Sorry«, sagte Didier. Er zog eine Tüte mit Gras

aus seiner Umhängetasche. Grinste sie an und kurbelte einen Joint so dick wie sein Mittelfinger.

»Habt ihr noch mehr?«, fragte Ratte. »Ich meine, für uns, für die Fahrt ... we want to buy it!«

Der Joint wechselte von Didier zu Jean oder Pierre. Und zurück.

»Acheter«, sagte Lepcke.

»Genau«, sagte Kerschkamp. »Ordentlichen Stoff für unterwegs. – Combien?«, fragte er Jean oder Pierre und rieb Daumen und Zeigefinger aneinander.

Didier griff sich unters Hemd. Er nestelte einen schmierigen Brustbeutel hervor. Mit einem schönen, großen Piece. Schön sorgfältig in Stanniolpapier eingewickelt.

Ratte pfiff durch die Zähne.

»One hundred«, sagte Didier.

»Hundert Francs?«, fragte Kerschkamp. »Ist das jetzt gut oder was?«

»Special offer«, nickte Didier und gab den Joint an die Blonde weiter.

»Ist gebongt«, sagte Ratte und fummelte eine Rolle Francs-Scheine aus seiner Jeanstasche.

Die Blonde zog, bis die Jointspitze knisternd aufflammte. Plötzlich drückte sie sich an Appaz und presste ihren Mund auf seine Lippen. Als er sie küssen wollte, blies sie ihm den Rauch in den Mund. Er musste husten.

»Don't forget me«, flüsterte sie ihm ins Ohr.

Sie schienen es plötzlich eilig zu haben. Didier streckte jedem die Hand hin. Jean oder Pierre grinste benommen in die Runde. Dann waren sie auch schon weg. Den Joint nahmen sie mit. Didier hatte seinen Arm um die Hüfte der Blonden gelegt.

»He, die haben uns nicht mal ziehen lassen«, stellte Kerschkamp empört fest.

Der Ami kicherte.

Ratte überlegte, wo er das Piece am besten verstecken konnte.

»Im Aschenbecher vom Bus«, schlug Lepcke vor.

Sie bauten das Zelt ab. Der Ami beanspruchte wieder seinen Platz auf dem Bett. Und holte den *Steppenwolf* raus.

»Los, Leute, auf geht's. Ans Meer!«, brüllte Kerschkamp, bevor er den Kassettenrecorder auf volle Lautstärke drehte. Gong. *Flying Teapot*. I am, you are, we are … crazy!

Dass der Kasettenrecorder plötzlich wieder problemlos funktionierte, irritierte keinen von ihnen.

Ratte saß vorne. Als sie auf die Landstraße einbogen, sagte er: »Das war bescheuert von dir. Du hättest sie mit ins Zelt nehmen und bumsen sollen. Genau deshalb ist sie gekommen, glaub mir!«

Appaz schaltete vom zweiten in den dritten Gang. Vierzig, fünfzig, sechzig. Bei zweiundsechzig im vierten war ein leises Summen über dem Motorgeräusch zu hören. »Der Motor singt«, hatte Appaz' Vater früher immer gesagt, wenn sie mit dem alten, grauen Käfer in die Ferien gefahren waren. Appaz griff nach der Dose mit der Autofahrerschokolade. I am, you are, we are … crazy!

4

Acht Stunden später liefen sie über den Strand von Quiberon. Den Bus hatten sie auf einer Wiese neben der Jugendherberge geparkt. Der Ami war im Zelt geblieben.

In der Jugendherberge hatten sie Andi und Corner getroffen, die schon seit zwei Tagen da waren. Sie waren von Hannover in einem Stück bis Paris getrampt. Und dann mit irgendwelchen Hippies mit einem Mercedes-Laster weiter in die Bretagne.

Andi hatte von einer Fete am Abend zuvor erzählt. Mit ein paar guten Leuten aus Schleswig-Holstein, Peter und noch zwei anderen, die auch jede Menge Dope dabei hatten. Und zwei französische Mädchen seien da gewesen, die mit ihren Eltern in Quiberon Urlaub machten. Stephanie und Caroline.

»Voll irre«, hatte Andi erzählt, »und echt total anders als bei uns. Wir haben am Feuer gesessen, und sie hat sich vor mich gesetzt, und dann hat sie nach hinten gefasst und mir die Hose aufgemacht. Echt, und um uns rum saßen die anderen und so, aber das hat sie überhaupt nicht gestört ...«

Und dass Stephanie einen Rock anhatte, der so kurz war, das man alles sehen konnte, hatte Andi noch erzählt. Und der von Caroline war kein Stück länger gewesen. Andi und Corner hatten sich um halb neun mit ihnen am Strand verabredet.

Ratte erzählte von der Fete bei Didier. Allerdings schmückte er die Geschichte mit dem Typen in dem orangefarbenen Hemd reichlich aus.

»Das passiert dir bei denen hier nicht«, sagte Andi. »Die sind richtig gut drauf hier.«

»Voll willig, was?«, meinte Kerschkamp.

»Aber Stephanie gehört mir«, erklärte Andi, »ihr müsst sehen, was mit Caroline ist ...«

Er guckte erst Ratte und dann Appaz an.

»Ist doch Scheiße«, sagt Kerschkamp. »Wie macht ihr das überhaupt immer? Ich meine, wieso immer ihr ...«

Andi grinste nur. Andis Mund war eigentlich viel zu groß. Und viel gewachsen war Andi in den letzten Jahren auch nicht gerade. Er reichte Appaz kaum bis zum Kinn. Aber Andi konnte so viel Scheiße bauen, wie er wollte, wenn er einen hinterher anlächelte, war alles vergessen. Und er schleppte so viele Mädchen ab, dass selbst Ratte nicht mitkam.

Appaz mochte Andi irgendwie. Er hätte sich gut vorstellen können, ihn zum Bruder zu haben. Als sie gerade erst aufs Gymnasium gekommen waren, war er mit Andi immer im Kanal schwimmen gewesen. Andi war sogar von der Brücke gesprungen, was sich Appaz nie getraut hatte. Und einmal war er auf einen Kohlenkahn geklettert und ein Stück mitgefahren. Hatte sich ganz vorne aufs Deck gelegt und so getan, als würde er sich sonnen, wie irgendein Scheiß-Millionär auf seiner Luxusjacht, irgendwo im Mittelmeer. Bis der Schiffer ihn entdeckt und mit einer Eisenstange vom Schiff geprügelt hatte. Aber da waren sie schon älter, und kurz danach war Andi auch von der Schule geflogen, weil er das Klassenbuch verbrannt hatte, in der vagen Vorstellung, dass der Lehrer sich die Zensuren nicht kopiert hatte. Was allerdings eine vergebliche Hoffnung gewesen war.

Jetzt machte Andi eine Lehre als Drucker. Er war gerade in die SDAJ eingetreten, und am 1. Mai hatte er versucht, ein paar von seinen alten Freunden mit zur Kundgebung zu schleppen.

»Ihr müsst euch auch organisieren, Leute. Ihr wisst doch, allein machen sie dich ein«, hatte er am Abend vorher im Maulwurf verkündet, während aus der Musikbox *Child in Time* dröhnte. Appaz und Kerschkamp waren auch tatsächlich hingefahren, auf Kerschkamps Kreidler, aber irgendwie konnten sie mit Andis Gewerkschaftsfreunden nichts anfangen.

Andi wohnte immer noch bei seinen Großeltern in der Gartenkolonie am Kanal. Eine seiner besten Geschichten war, wie er mal versucht hatte, Hanfblätter in der Pfanne zu rösten. Weil er unbedingt was rauchen wollte und die Blätter noch zu frisch waren. Aber natürlich musste ausgerechnet seine Großmutter dazu kommen und fragen, was er da machte. Andi hatte ihr schnell irgendwas von einem neuen Gewürz erzählt. Wie Nudeln mit Salbei oder so was. Und dann hatte er mit seiner Großmutter Spaghetti mit gerösteten Hanfblättern gegessen, und am nächsten Tag kam sie an und wollte noch mehr von dem neuen Gewürz haben, für den Linseneintopf für Andis Großvater!

Von Corner wusste Appaz nicht viel, nur dass Corners Vater Polizist war. Was Corner allerdings nie davon abgehalten hatte, die Wasserpfeife anzuschmeißen, kaum dass der Alte zur Tür hinaus war. Weshalb Appaz ihn eigentlich auch nur breit kannte.

Aber Corner wohnte inzwischen nicht mehr zu Hause, sondern in einer Wohngemeinschaft, wofür ihn Appaz ein bisschen bewunderte. Corner redete nicht viel. Um den Hals trug er immer ein Lederband mit einem handgeschnitzten Peace-Zeichen. Ungefähr so groß wie ein kleiner Fußball. Allerdings spielte er nicht schlecht Gitarre. Nur mit Mädchen hatte er nicht viel am Hut.

Stephanie und Caroline hatten tatsächlich Miniröcke an, die kaum etwas verbargen. Lepcke guckte schnell woanders hin und stotterte dann mit knallrotem Kopf, dass sie noch zum Supermarkt müssten, um Wein zu kaufen. Aber Stephanie hatte eine Flasche in ihrer Umhängetasche.

Andi schlug vor, zurück zu laufen bis zu den Klippen. Er ging mit Stephanie vorneweg, eng umschlungen. Alle paar Meter blieben sie stehen, um zu knutschen. Und einmal sah Appaz ganz deutlich, wie sie ihm mit der Hand über die Hose strich.

Ratte quatschte Caroline zu. Und Kerschkamp fing plötzlich an, von irgendeinem Buch zu erzählen, über Leute, die in einem Hippiedorf im Zentralmassiv lebten. Ohne Strom, und das Wasser müssten sie aus dem Fluss holen, »Longo Mai«, sagte Kerschkamp, »so heißt das da, die Kommune von denen. Müsste man eigentlich mal hin und sich das angucken!«

Er schob sich zwischen Ratte und Caroline: »Le massif central, c'est très bien!«

Caroline kicherte und zeigte ihm einen Vogel.

Sie kletterten immer weiter in die Klippen hinaus. Die Felsen fühlten sich glatt und heiß an unter ihren nackten Füßen. Es machte Appaz Spaß, mit gekrümmten Zehen nach irgendeiner Spalte zu suchen, in der er sich festklammern konnte. Ein bisschen kam er sich wieder vor wie als kleiner Junge. Obwohl er mit seinen Eltern nie irgendwo gewesen war, wo es glatt geschliffene Felsen gab. Sie waren immer nur an die Nordsee gefahren. Im Herbst. Im Sommer konnten sie keinen Urlaub machen, weil sein Vater in einer Hagelversicherung arbeitete. Und da es im Sommer häufig hagelte, war jede Art von Urlaub in dieser Zeit verboten. So stand es in seinem Arbeitsvertrag.

Ratte hatte zunehmend Schwierigkeiten, irgendeinen Halt auf den glatt geschliffenen Felsen zu finden. Aber er dachte gar nicht daran, seine Clogs auszuziehen. Als sie auf der Felsspitze ankamen, war die Haut über seinen Zehen blutig gescheuert.

Caroline sagte irgendwas und kicherte wieder. Appaz grinste zu ihr rüber. Sie guckte ihn lange an, ohne die Augen niederzuschlagen.

»J'ai soif«, sagte Kerschkamp.

Andi drückte den Korken mit dem Daumen in den Flaschenhals. Die Sonne färbte sich langsam rot. Appaz merkte, wie ihm der Wein in den Kopf stieg.

»Coucher du soleil«, erklärte Kerschkamp.

Andi und Stephanie knutschten.

Ratte rieb Spucke auf seine aufgeschürften Zehen.

Appaz merkte, dass ihn Caroline wieder ansah.

»I'm cold«, sagte er.

»I can warm you«, sagte Caroline, »come here …«

»Hä?«, machte Ratte, als Appaz sich neben Caroline setzte. Sie legte ihm den Arm um die Hüfte und drückte ihn an sich.

»Scheiße, Leute«, sagte Lepcke plötzlich. Er lag auf der Felskante und starrte nach unten. »Ich glaube, die Flut kommt oder so was!«

Lepcke hatte recht. Das Wasser stieg ganz eindeutig. Und wo sie vorhin von Felsen zu Felsen gesprungen waren, schwappten jetzt kleine Wellen.

Sie machten sich auf den Rückweg. Lepcke zeterte die ganze Zeit, dass sie sich beeilen sollten.

Die Mädchen kicherten, als Ratte mit seinen Clogs abrutschte und sich prompt ins Wasser setzte.

»Wir sehen uns«, sagte Ratte und bog auf den Trampelpfad ab, der zur Jugendherberge führte. Er hatte eindeutig schlechte Laune.

Lepcke und Corner folgten ihm wie selbstverständlich. Und genauso selbstverständlich liefen Caroline und Appaz hinter Andi und Stephanie her. Kerschkamp kam noch ein paar Meter mit und laberte wieder irgendwelches Zeug, bis er endlich merkte, dass er überflüssig war.

Es wurde schnell dunkel. Weiter oben sahen sie die Straßenlaternen von der Strandpromenade und die Lichter der Restaurants.

Die Strandkörbe lagen für die Nacht umgekippt auf dem Sand. Aus dem einen oder anderen Korb drang heftiges Stöhnen.

Andi und Stephanie suchten sich einen Strandkorb, der noch nicht besetzt war, und verschwanden.

»Quick«, sagte Caroline und zog Appaz einen Korb weiter. Sie krochen unter das Segeltuch. Es war immer noch warm unter der Plane und es roch ein bisschen muffig, nur der Sand war kalt.

Caroline schob ihren Rock hoch und presste sich an ihn.

»But not fucking«, flüsterte sie. Wobei sie »fücking« sagte statt »fucking«.

Appaz hatte Mühe, ihren BH aufzukriegen. Er hatte lange keine Freundin mehr mit BH gehabt. Carolines Brüste waren viel weicher, als er gedacht hatte.

Caroline stöhnte und zog seinen Reißverschluss auf. Sie legte ihre Hand flach auf seinen steifen Schwanz und fing an zu reiben. Dann schob sie sich über ihn.

Er hatte beide Hände auf ihrem Hintern.

»But not fücking«, flüsterte sie wieder dicht an seinem Mund. Sie kam, als er seinen Finger gerade in die feuchte Spalte zwischen ihren Beinen schob. Sie klammerte sich an ihn und stöhnte mit dem Mund an seinem Schlüsselbein.

Er versuchte schnell, an irgendetwas anderes zu denken. An die Fischkutter, die er vorhin im Hafen gesehen hatte. Und die weit unterhalb der Kaimauer auf dem Schlick gelegen hatten. Aber dann spritzte er doch.

Und dann klopfte jemand an die Segeltuchwand.

»Caroline …«

Stephanie! Sie sagte irgendetwas auf französisch.

»We have to go«, übersetzte Caroline für ihn, »our parents wait.«

Sie zog ihre Hand aus seiner Unterhose. »Do you have a …«

»Nein«, sagte er, »nimm meine Jeans …«

»Ihhh«, machte Caroline, aber dann wischte sie ihre Hand doch an seiner Jeans ab. Hastig machte sie ihren BH zu.

»Vite, vite«, kam Stephanies Stimme von draußen.

Caroline beugte sich zu ihm. Einen Kuss links, einen Kuss rechts. Dann war sie auch schon weg.

Andi saß im Schneidersitz vor den Strandkörben und grinste ihn an.

»Na, Alter, ist doch geil, oder?«

»Und was machen wir jetzt?«, fragte Appaz.

»Ich habe Hunger«, meinte Andi. »Lass uns was essen gehen, aber ohne die anderen.«

Sie suchten sich zielsicher das Restaurant aus, das am schäbigsten aussah. Und das deshalb vermuten ließ, dass die Preise einigermaßen bezahlbar waren.

Auf der Terrasse saßen ein paar Jugendliche. Sprachschüler, alle deutlich jünger als Andi und Appaz.

Andi grinste zu ihnen rüber und warf seine langen Haare zurück, bevor er sich auf den nächstbesten Stuhl pflanzte und sich betont lässig zurücklehnte. Die kleinen Mädchen am Nachbartisch kicherten haltlos.

Aus der offenen Restauranttür drangen Musikfetzen. Irgendein Chanson, Edith Piaf vielleicht. Sie bestellten Spaghetti con burro, die sie bei der Bestellung gleich auch bezahlen mussten.

Die Spaghetti waren halb zerkocht und troffen

vor Fett. Angewidert spuckte Andi den ersten Bissen wieder aus.

»Probier mal, Mann, die sind voll versalzen! Das kann kein Mensch essen!«

Sie beschwerten sich beim Kellner, der die Augen verdrehte und in der Küche verschwand. Von wo er gleich darauf mit dem Koch im Schlepptau zurückkam.

Der Koch baute sich vor ihnen auf. Ein Typ um die vierzig, mit ausrasiertem Nacken und tätowierten Oberarmen.

»Sorry«, sagte Appaz, »aber die sind echt versalzen …«

Er zeigte auf den Teller Spaghetti vor sich.

Unvermittelt fing der Koch an zu schreien. Irgendwas mit Deutschen, soviel verstand Appaz, Nazis, Faschisten, und dass sie machen sollten, dass sie wegkämen.

»Scheiße«, sagte Andi und stand auf. »Der ist doch nicht ganz dicht.«

Die Sprachschüler am Nachbartisch starrten ängstlich zu ihnen rüber.

»Ist okay«, sagte Appaz, »ist okay.«

Er zog Andi mit sich.

Sie hörten den Koch noch hinter sich herbrüllen, als sie schon wieder auf der Promenade waren.

»Mann, was sollte das?«, fragte Andi irritiert, »wieso beschimpft der uns als Faschisten? Der Krieg ist vorbei, oder? Und ich bin nicht mein Alter! Der muss doch sehen, dass wir nichts damit zu tun haben, oder sehe ich etwa aus wie mein Alter?!«

Er drehte sich um und brüllte: »Selber Faschist!«

Der Koch drohte ihnen mit der Faust.

»Arschloch«, sagte Appaz.

»Die sind doch alle bescheuert«, fing Andi nochmal an, »der Typ hier beschimpft uns, nur weil wir zufällig deutsch sind, und zu Hause würden sie uns am liebsten in den Knast stecken, weil wir ihnen nicht deutsch genug sind!«

Appaz wusste genau, was Andi meinte.

»Geht doch nach drüben, wenn's euch hier nicht passt!«, zitierte er den Satz, den sie alle oft genug zu hören bekommen hatten.

»Genau, Alter«, sagt Andi und nickte, »sollten wir vielleicht wirklich machen! Nach drüben gehen, meine ich.«

Als sie zur Jugendherberge zurückkamen, hingen die Typen aus Schleswig-Holstein neben ihrem VW-Variant herum und waren mehr als breit. Auch Ratte und Kerschkamp waren dabei. Und der Ami.

Der lange Blonde war Peter.

»Kannst du noch fahren?«, fragte er Appaz. »Wir wollen in die Disco. Aber ich bin zu breit …«

»Na los, Alter«, sagte Kerschkamp.

Peter hielt Appaz den Schlüssel hin.

Kerschkamp und Ratte krochen in den Kofferraum. Andi und der Ami mussten sich den Beifahrersitz teilen. Der Ami hockte auf Andis Knien und grinste blöd.

»Der erste Gang hakt ein bisschen«, lallte Peter über Appaz' Schulter, »die Seisschünkronringe sin hin …«

Das kannte Appaz vom Bus. Er kuppelte zweimal und gab Gas. Und dann rein mit dem ersten. Das Getriebe kreischte trotzdem hässlich auf.

»Ohoh«, machte Kerschkamp von hinten.

»Habichdochgesagt«, lallte Peter.

Die Kupplung kam sofort. Mit einem Ruck setzte sich der Variant in Bewegung.

Es war kaum Verkehr. An der zweiten oder dritten Kreuzung bogen die Flics hinter ihnen ein. Und blieben hinter ihnen.

»Scheiße«, sagte Peter.

Kerschkamp und Ratte duckten sich unter die Fensterkante.

Die Flics gaben Gas und überholten. Appaz hatte schon den Fuß auf der Bremse, um rechts ran zu fahren. Er überlegte, wie viel Ärger es wohl geben konnte, einen Variant mit acht Leuten statt mit fünf zu fahren. Und ob sie vielleicht einen Notfall erfinden sollten. Dass einer von ihnen ins Krankenhaus musste. Oder alle außer ihm. Wegen Fischvergiftung oder was auch immer. Seinen Führerschein hatte er natürlich auch nicht dabei. Der lag im Bus, gut versteckt unter dem Fahrersitz.

Aber die Flics winkten sie gar nicht raus. Sondern quälten ihren Peugeot mit quietschenden Reifen in den Kreisverkehr vor ihnen und jagten dann mit eingeschaltetem Blaulicht stadtauswärts.

»Puh«, machte Andi neben Appaz.

Im Rückspiegel sah Appaz Peters kreidebleiches Gesicht. Er sah aus, als würde er immer noch die Luft anhalten.

»Ich will raus!«, erklärte der Ami plötzlich und tastete nach dem Türgriff.

»He, spinn nicht rum«, versuchte Andi ihn zu beruhigen, »die Flics sind weg, ist alles okay, Alter ...«

»Ich will raus!«

Der Ami schrie jetzt und schlug unkontrolliert um sich. Im nächsten Moment hatte er den Türgriff gefunden. Andi versuchte, gleichzeitig die Tür zuzuhalten und den Ami zurückzuziehen. Appaz sah, dass er ihn an den Haaren gepackt hatte.

»Halt an, Mensch!«, brüllte Kerschkamp von hinten.

Appaz knallte mit dem Variant über den Bordstein und würgte den Motor ab.

Der Ami befreite sich aus Andis Griff und stolperte auf den Fußweg.

Appaz stieg aus und wollte um den Wagen herum.

Plötzlich hatte der Ami einen Pflasterstein in der Hand.

»Jetzt hast du Schiss, was?«

Er keuchte und zielte auf die Windschutzscheibe.

Appaz sah, wie Andi die Arme hochriss und sich duckte.

Peter und seine Kumpels starrten mit offenem Mund und rührten sich nicht. Kerschkamp versuchte, über die Rückenlehne nach vorne zu kommen.

»Ich mach euch fertig!«, brüllte der Ami und holte aus. »Ihr Arschlöcher, ihr Scheißtypen, ihr blöden Wichser …«

Appaz war plötzlich ganz ruhig.

»Mach keinen Scheiß«, sagte er, »leg den Stein weg … leg den Stein weg, du Arsch!«, schrie er den Ami an, als der nicht reagierte.

Der Ami guckte Appaz an. Seine Augen sahen völlig leer aus, als würde er gar nicht mitkriegen, was passierte.

Appaz ging auf ihn zu. Wieder hob der Ami den Stein. Aber diesmal in Appaz' Richtung.

Andi kam von der anderen Seite. Und hinter ihm Kerschkamp. Für einen Moment war der Ami abgelenkt.

Appaz packte seinen Arm. Der Ami hielt den Stein wie im Krampf. Erst als Andi ihm mit voller Kraft vors Schienbein trat, ließ er los.

»Scheiße«, sagte Kerschkamp.

Appaz merkte, wie ihm die Knie zitterten.

Der Ami stand stocksteif. Kerschkamp wollte ihm den Arm um die Schulter legen, hielt dann aber mitten in der Bewegung inne. Der Ami fing an zu heulen. Ohne sich zu rühren. Stand nur so da und heulte und stammelte irgendwas, was sie nicht verstanden.

Hinter ihnen beugte sich Peter aus der Fahrertür und kotzte.

Eine halbe Stunde später liefen sie immer noch mit dem Ami auf und ab. Ratte und Appaz hatten ihn untergehakt, Ratte hatte ihm seinen Parka umgehängt, aber der Ami zitterte trotzdem. Außerdem brabbelte er wieder irgendetwas vor sich hin.

Kerschkamp war noch mit bei ihnen. Die anderen waren am Auto geblieben. Als sie an einem Fußgängerüberweg vorbeikamen, riss sich der Ami los. Er kniete sich hin und tastete über die Bordsteinkante.

»Alles aus Pappe, Leute«, brabbelte der Ami, »echt, das ist alles Pappe …«

Dann kroch er auf allen vieren auf die Fahrbahn.

Ratte und Appaz zogen ihn zurück. Er wehrte sich, aber ohne Kraft. Als sie ihn hochzogen, behauptete er plötzlich: »Ich kann fliegen, echt!«, und fing an, mit den Armen zu wedeln.

»Der hat doch voll einen an der Schüssel«, erklärte Kerschkamp. »Wie lange soll das denn noch so weitergehen, ich meine, sollen wir zum Arzt mit ihm oder was?«

»Was hast du genommen? He!«

Ratte packte den Ami an der Schulter.

»Hörst du mich überhaupt? Was du genommen hast, will ich wissen … Der hat irgendwas genommen!«

Ratte dreht sich zu Appaz.

»Der ist doch voll weg!«

»Ich kann fliegen«, versicherte der Ami und nickte bekräftigend.

»He, wenn der unser Dope weggeraucht hat, bin ich aber sauer«, regte sich Kerschkamp auf. »Glaubt ihr, der Arsch hat unser Dope weggeraucht?«

»Quatsch«, sagte Ratte.

»Weiter«, sagte Appaz und zog den Ami mit sich. »Wir gehen jetzt so lange, bis wenigstens sein Kreislauf wieder in Ordnung ist«, sagte er. Was anderes fiel ihm nicht ein.

Der Ami ließ sich willenlos mitschleppen.

»Ich gehe zurück zum Auto«, sagte Kerschkamp.

»Hättest du das von Andi gedacht?«, fragte Ratte Appaz nach ein paar Metern.

»Was?«

»Dass er kaum hier ist und schon so eine französische Pflaume bumst, meine ich? Mann, hätte ich echt nicht gedacht, du, denkt man irgendwie gar nicht von Andi. – Schreibst du eigentlich eine Karte an Anette oder so?«, fragte er dann unvermittelt.

»Vielleicht. Weiß ich noch nicht«, sagte Appaz. »Doch, morgen vielleicht.«

»Ich nicht«, erklärte Ratte. »Du musst die Weiber ein bisschen hängen lassen, dann sind sie nervös, weil sie nicht wissen, was los ist, und dann machen sie nicht mit anderen rum …«

Der Ami hing zwischen ihnen wie ein nasser Sack. Aber wenigstens zitterte er nicht mehr. Und er brabbelte auch nicht mehr vor sich hin.

Auf der Campingwiese neben der Jugendherberge fand eine Party statt. Ein Kassettenrecorder lief auf voller Lautstärke. Wieder Frank Zappa. *Give me your dirty love*. I'll just put you in a coma, with some dirty love …

»Geil«, sagte Ratte.

»Ich will nach Hause«, erklärte der Ami.

»Haha«, sagte Ratte.

Sie schoben den Ami ins Zelt und wickelten ihn in seinen Schlafsack.

»Alles okay?«, fragte Appaz.

Der Ami gab keine Antwort.

»Wir müssen ihn auf die Seite drehen«, sagte Ratte leise zu Appaz, »nicht dass er an seiner eigenen Kotze erstickt, wie Hendrix oder so …«

»Mama«, sagte der Ami.

»Ach du Scheiße«, sagte Ratte.

Sie krochen aus dem Zelt und zogen den Reißverschluss zu.

Lepcke kam aus dem Bus geklettert. »Was ist denn überhaupt los?«

Ratte erzählte, dass der Ami gerade ausgeflippt sei.

»Aber voll«, sagte Ratte, »voll durchgeknallt.«

»Und jetzt?«, fragte Lepcke.

Der Variant kam mit Fernlicht auf die Wiese gefahren. Andi winkte ihnen kurz zu und verschwand zu den Leuten, die die Party feierten.

»Der fährt echt wie die letzte Sau, dieser Typ aus Schleswig-Holstein«, erzählte Kerschkamp, »und er hat noch dreimal gekotzt, einfach aus dem Fenster raus, beim Fahren ...«

»Peter«, sagte Ratte.

»Genau«, sagte Kerschkamp.

»Hört mal«, setzte Appaz an, »und wenn wir ihn tatsächlich nach Hause bringen ...?«

»Von mir aus gerne«, sagte Kerschkamp. »Er nervt sowieso nur. Wer hat den überhaupt mitgenommen?«

»Das sind zwei Tage«, sagte Lepcke, »mindestens. Und dann zwei Tage wieder her ...«

»Vergiss es«, sagte Ratte. »Dann können wir gleich zu Hause bleiben.«

»Wir rufen seine Eltern an, dass die ihn in Paris abholen«, schlug Appaz vor. »Mit dem Flugzeug.«

»Das können wir nicht machen«, sagte Lepcke.

»Und was willst du sonst tun?«, fragte Kerschkamp. »Der knallt uns doch noch voll durch.«

Vom Kassettenrecorder dröhnte immer noch Zappa herüber. Don't eat the yellow snow. Don't go there where the Huskies go ...

»Scheiße!«, brüllte der Ami aus seinem Zelt, »Scheiße! Ich mach euch alle fertig ...«

Dann heulte er wieder.

»Ich will nicht mehr, ich will nach Hause ...«

Nanook, the eskimo-o-o, sang Zappa.

Am nächsten Morgen ließen sie den Ami weiterpennen, während sie frühstückten. Kerschkamp und Ratte machten eine Dose Corned Beef auf. Lepcke rührte in einem Topf mit Instantkaffee.

»Und wer sagt es ihm jetzt?«, fragte Ratte.

»Ich nicht«, sagte Kerschkamp und schmierte sich ungerührt ein Stück Baguette.

Appaz blickte zu Lepcke.

»Glaubst du echt, die Eltern kommen?«, fragte Lepcke. »Glaub ich nicht.«

»Anrufen«, sagte Appaz. »Du kennst ihn am besten, also ...«

»Genau«, sagte Kerschkamp kauend.

Lepcke schüttelte den Kopf. Appaz sah, dass er schon wieder Schweißperlen auf der Stirn hatte, obwohl ein verdammt kalter Wind vom Meer her wehte und sie alle noch ihre Pullover anhatten.

Ratte stand auf.

»Gehen wir«, sagte er, »vorne bei den Klos habe ich ein Telefon gesehen.«

Lepcke förderte ein Adressbuch zutage. Ratte kritzelte sich die Nummer auf den Handrücken.

»Ich weiß nicht«, sagte Lepcke noch einmal, »ist doch irgendwie auch Scheiße, wenn die jetzt kommen müssen und ...«

»Aber wenn unser Urlaub hin ist, ist das nicht Scheiße oder was?«, unterbrach ihn Kerschkamp.

Ratte und Appaz warfen eine Münze, Appaz verlor. Ratte fütterte den Automaten mit ein paar Francs, die er umständlich aus der engen Jeans pulte.

»Das muss reichen«, sagte er.

Appaz wählte.

Die Mutter war dran.

Appaz erzählte, was los war.

»Sag ihr, dass er zum Arzt muss oder so, weil er nicht mehr richtig tickt«, sagte Ratte.

Die Mutter blieb merkwürdig ruhig. Dann sagte sie: »Damit müsst ihr alleine klarkommen, das geht mich nichts an.«

»Moment mal«, sagte Appaz, »aber es ist Ihr Sohn und … wir wissen echt nicht, was wir sonst machen sollen.«

»Ihr habt Rauschgift genommen, habe ich recht?«

»Wir fahren jetzt nach Paris«, sagte Appaz. »Ich melde mich, wenn wir da sind. Aber ich glaube wirklich, es ist besser, wenn er nicht alleine fliegt.«

Ratte quetschte sich neben ihn, um die Antwort zu hören.

»Das sehe ich überhaupt nicht ein«, sagte die Mutter. »Wie stellt ihr euch das überhaupt vor?«

»Sie kommen nach Paris und holen ihn«, sagte Appaz. »Anders geht es nicht.«

Ratte nickte. Die letzte Münze klapperte durch den Schacht.

Dann war die Verbindung unterbrochen.

»Los, wir fahren einfach«, schlug Ratte vor.

Appaz schüttelte den Kopf. Er fragte ein Mädchen, das gerade vom Klo kam, ob sie ihm einen Zehnfrancschein in Münzen wechseln könnte. Konnte sie.

Er wählte wieder. Ratte quetschte sich wieder neben ihn.

Diesmal war der Vater dran. Appaz erinnerte sich, dass Lepcke ihm mal erzählt hatte, dass er Architekt sei. Und zu Hause arbeitete.

»Es geht um Ihren Sohn«, setzte Appaz an.

»Ich weiß«, unterbrach er ihn sofort. »Ich nehme die nächste Maschine nach Paris. Die Flüge von Hannover kommen alle in Orly an. Aber ihr müsst von unterwegs nochmal mit meiner Frau telefonieren, damit sie euch sagen kann, wann ich da bin.«

»Danke«, sagte Appaz nur, »machen wir.«

Er legte auf.

Ratte guckte ihn an.

Appaz zuckte mit der Schulter.

»Abfahrt«, sagte Ratte.

Als sie zum Zelt zurückkamen, saß der Ami da und starrte auf die Flamme des Campingkochers unter dem Topf mit dem Instantkaffee. Er war immer noch in seinen Schlafsack gewickelt. In der Hand hielt er das Messer, das ihnen schon beim Grenzübergang Probleme gemacht hatte.

»Er hat gesagt, er macht uns alle fertig«, erklärte Kerschkamp. »Ich hab alles versucht, ich hab ihm auch gesagt, dass wir ihn nach Hause bringen …«

»Aber er gibt das Messer nicht her«, brachte Lepcke den Satz zu Ende. Lepcke war weiß wie die Wand. Als er den Kaffeebecher hochnahm, verschüttete er die Hälfte.

»He«, sagte Appaz und hockte sich vor den Ami, »es ist alles okay. Dein Vater kommt und holt dich. Wir bringen dich nach Paris.«

»Ist gut«, sagte der Ami und stand auf. Er verfing sich mit dem Fuß im Schlafsack und stürzte fast. Dann schob er endlich das Messer in die Lederscheide an seinem Gürtel.

Er ging um den Bus herum zum nächsten Gebüsch und beugte sich würgend vor.

»O Mann«, stöhnte Ratte vor sich hin.

Der Ami würgte und würgte, aber es kam nichts. Er stand noch einen Moment, dann ging er zum Bus und kletterte hinten auf die Liegefläche. Kerschkamp schob ihm den Schlafsack neben die Füße und schlug die Heckklappe zu.

Ohne sich viel Mühe zu geben, rollten sie das Zelt zusammen und packten ein. Andi und Corner kamen zu ihnen rüber und wollten wissen, was los war.

Andi warf einen Blick nach hinten auf den Ami und sagte: »O Scheiße, Leute.«

Corner blickte wie üblich auf den Boden und sagte nichts.

Sie verabredeten noch schnell, dass sie sich in Lacanau wiedertreffen würden. In zwei oder drei Tagen. An der ersten Tankstelle, wenn man in den Ort reinkam. Gegen sechs Uhr.

»Alles klar«, sagte Andi.

»Sag Caroline schöne Grüße«, sagte Appaz.

»Alles klar«, wiederholte Andi.

Corner sagte immer noch nichts.

5

Sie kamen genau bis Orléans. Die Ampel an der Kreuzung, an der es auf die Autobahn ging, zeigte Rot. Das Nächste, was Appaz mitkriegte, war, dass ihn Kerschkamp an der Schulter rüttelte.

»He! Pennst du etwa? Mann, das ist ja wohl nicht wahr, Kurt pennt!«, rief er Ratte und Lepcke zu.

Irgendein Auto hinter ihnen hupte.

Appaz würgte den Gang rein und nahm den Fuß von der Kupplung. Mit einem Satz sprang der Bus auf die Kreuzung, dann starb der Motor ab.

»Scheiße«, sagte Appaz.

»Ganz ruhig, Alter.«

Kerschkamp klopfte ihm mit der Hand aufs Knie.

»Machen wir erst mal Pause, ich muss sowieso pinkeln.«

Appaz lenkte den Bus an den Straßenrand.

Die anderen legten einen Schlafsack und Rattes Parka als Kopfkissen auf die Rückbank. Der Ami hatte seine Hände dicht vor dem Gesicht und zupfte an seinen Fingern. Keiner wagte es, ihn von seinem Platz zu vertreiben.

Appaz hatte sich kaum hingelegt, da war er auch schon weg. Ratte klappte vorsichtig die Flügeltüren zu.

Als Appaz wieder zu sich kam, war er völlig durchgeschwitzt. Er richtete sich auf. Der Ami schlief, die rechte Faust um das Messer gekrallt.

Appaz stieß die Flügeltüren auf.

Wortlos hielt ihm Lepcke eine randvolle Schüssel mit Tomatensuppe hin.

Sie hatten mitten auf dem Fußweg den Campingkocher aufgebaut. Und sie mussten aus irgendeinem Laden frisches Baguette geholt haben.

»Wieder fit, Alter?«, grinste Ratte ihn an.

Appaz nickte.

»Ich mach dir noch schnell einen Kaffee«, erklärte Kerschkamp und löffelte Kaffeepulver in einen Becher, während Lepcke das Wasser aufsetzte.

Von der Kreuzung her stank es nach Abgasen. Eine Frau mit einem mopsähnlichen Hund drängte sich kopfschüttelnd an ihnen vorbei.

»Was denn?«, fragte Ratte, »Ist was?«

Die Frau zerrte ihren Hund hinter sich her, als wäre sie gerade nochmal mit dem Leben davongekommen. Oder der Mops.

Kerschkamp grinste.

Er sagte nichts, aber man sah deutlich, dass ihn die verständnislose Empörung der Frau freute.

Lepcke hielt Appaz den fertigen Kaffee hin.

»Es gibt eine Rede zu irgendeinem Sit-in in Berlin, von der Studentenrevolution, ihr wisst schon«, sagte Appaz und wechselte den heißen Becher von der rechten in die linke Hand. »War in der ›konkret‹ abgedruckt: Wir haben euch über die unvorstellbarsten Gräueltaten des Krieges in Vietnam informiert, aber es hat euch nicht interessiert. Aber wir brauchen nur einmal einen Rasen zu betreten, dessen Betreten verboten ist …«

Appaz pustete über die schwarze Brühe in seinem Becher.

»Um allgemeines und nachhaltiges Grauen zu erregen«, brachte Kerschkamp das Zitat zu Ende. Kerschkamp hatte sich gerade erst Appaz' Sammlung von ›konkret‹-Heften ausgeliehen.

»Kenn ich«, ließ sich Ratte vernehmen, »habt ihr schon mal erzählt.«

»Aber genauso ist es«, sagte Kerschkamp, »hast du ja eben gesehen. Wir stellen eine Gefährdung der öffentlichen Ordnung dar!«

Wieder grinste er zufrieden.

»Du vielleicht«, sagte Appaz und grinste ebenfalls.

Lepcke hob den Kopf, als plötzlich ein Motorrad im roten Drehzahlbereich jaulend über die Kreuzung schoss.

»Vierhunderter Ducati«, stellte Ratte fest, »heißer Ofen, echt!«

»Irgendwo hier in der Nähe ist LeMans«, sagte Lepcke.

»Echt?«, fragte Ratte. Um gleich darauf hinzuzusetzen: »Mann, Leute, kennt ihr überhaupt den Film mit Steve McQueen? Geil, oder? Der hat das Rennen gewonnen, obwohl er gar kein Rennfahrer war, sondern nur Schauspieler! Das muss man sich mal vorstellen, der war überhaupt kein Rennfahrer!«

Sie nahmen die Autobahn nach Paris, die offensichtlich gerade erst fertig geworden war. Die Markierungsstreifen leuchteten weiß auf dem dunklen Teer. Die Hitze hing wie eine Glocke über der Fahrbahn.

Der Windkanal saugte Hunderte von kleinen Fliegen an und blies sie nach hinten. Der Ami merkte nichts, obwohl ihm ein wimmelnder Teppich von schwarzen Flügeln über Gesicht und Hände kroch.

An der Ausfahrt nach Orly war eine Péage-Station.

Die Frau im Schalterhäuschen nannte unfreundlich irgendeine Summe, die Appaz nicht verstand.

»Scheiße«, sagte Kerschkamp neben ihm, »achtundzwanzig Francs, die spinnt! Aber nicht mit uns, warte, ich erzähle der was von wegen Notfall und so ...«

Kerschkamp machte die Tür auf, um zum Schalterhäuschen zu gehen.

»Mach die Tür zu«, sagte Appaz und ließ die Kupplung kommen.

»Spinnst du?«, rief Lepcke von hinten.

»Geil«, meinte Ratte, »Gas und durch!«

Die Ampel an der Schranke zeigte Rot. Aber die Schranke war offen. Appaz gab Gas. Der Bus setzte sich in Bewegung. Die Frau schrie irgendwas. Im nächsten Moment hatten sie die Sperre passiert, ein auf- und abschwellender Sirenenton schrillte hinter ihnen her, Appaz schaltete und bog in den Kreisverkehr vor ihnen ein.

»Und wenn sie jetzt die Bullen holt?«, regte sich Lepcke auf, »Mann, du spinnst, echt!«

»Quatsch«, sagte Kerschkamp und zog die klappernde Beifahrertür richtig zu, »wieso denn?«

»Ausgetrickst, geil, Alter«, sagte Ratte und drehte den Kassettenrekorder auf volle Lautstärke. Wieder Genesis. *Harold the Barrel*. We can help you, we can help you.

Kurz vor dem Ort hielten sie an einem Restaurant Routier, einer Fernfahrerkneipe.

Sie hatten alle Hunger. Und sie hatten alle nichts dagegen, den Zeitpunkt, an dem sie den Ami unwiderruflich abschoben, noch ein bisschen hinauszuzögern.

»Je mehr Laster vor so einer Bude stehen, umso besser«, sagte Ratte zufrieden, »kannst du dir nämlich sicher sein, dass das Essen gut ist.«

Dass in diesem Fall nur ein einziger LKW – ein MAN mit deutschem Kennzeichen – auf dem Parkplatz stand, schien ihn dabei nicht weiter zu irritieren.

Für den Moment machte der Ami einen ganz vernünftigen Eindruck. Er grinste sie sogar an und kam mit ins Restaurant. Wo er sich dann allerdings an einen Tisch für sich alleine setzte.

Während sie auf den üblichen Ledersohlensteaks herumkauten, machte Kerschkamp plötzlich ein Zeichen zu Appaz hinüber. Dann stand er auf und ging raus. Appaz sagte irgendwas wie »Bin gleich wieder da«, und folgte ihm.

Kerschkamp stand draußen am Bus und zerrte die Reisetasche des Amis unter der Sitzbank hervor.

»Was ist los?«, fragte Appaz.

»Ich habe eben mal gerechnet«, sagte Kerschkamp, »das ist doch voll daneben, Mann! Wir haben alles so geplant, dass wir mit der Kohle genau hinkommen, aber nur bei fünf Leuten. Wenn er jetzt weg ist, reicht es nicht.«

»Und?«

Appaz wusste nicht, worauf er hinaus wollte.

Kerschkamp zog einen Brustbeutel aus der Reisetasche.

»Nein«, sagte Appaz, »hör auf. Das können wir nicht machen.«

»Klar, können wir«, sagte Kerschkamp, »ich lass mich doch nicht verarschen von dem.«

Er holte ein Bündel französische Francs aus dem Brustbeutel.

»Wir nehmen hundert Mark raus«, sagte Appaz. »Als Spritgeld. Für die Fahrt hierher.«

»Hundertfünfzig«, sagte Kerschkamp.

Er zählte ein paar Fünfzigfrancs-Scheine ab und schob sie in seine Jeans. »Okay?«

Appaz nickte.

Lepcke kam angerannt.

Kerschkamp schob den Brustbeutel zurück in die Reisetasche.

»Er kotzt«, sagte Lepcke und war kreidebleich. Seine Oberlippe zitterte.

Kerschkamp knallte die Türen zu.

»Scheiße.«

Im Restaurant saß Ratte allein am Tisch und stopfte ungerührt weiter Pommes in sich rein.

»Auf'm Klo«, mampfte er mit vollem Mund und zeigte mit dem Kopf zu der Tür neben der Theke.

Was nicht nötig gewesen wäre. Sie hörten den Ami auch so.

Der Typ hinter der Theke hörte ihn auch und musterte sie mit argwöhnischen Blicken. Lepcke stand unschlüssig mitten im Raum. Er sah aus, aus würde er gleich heulen.

Appaz machte die Tür auf. Der Ami hockte auf

dem Boden vor der Schüssel und würgte. Aber es kam nichts mehr. Nur grünlichweißer Schleim.

»He«, sagte Appaz und wollte ihn an der Schulter fassen.

Der Ami sprang auf und starrte Appaz an, als würde er ihn zum ersten Mal sehen. Er wich ein Stück zurück, bis er zwischen Kloschüssel und Wand eingeklemmt war. Riss die Hände hoch und stammelte irgendwas, was Appaz nicht verstand. Ein Spuckefaden tropfte ihm vom Kinn.

»He«, sagte Appaz noch mal, »lass uns gehen, ja? Es ist alles okay.«

Er fasste nach seinem Arm. Diesmal ließ der Ami ihn. Appaz zog die Kette am Spülkasten und schob den Ami ins Restaurant.

Kerschkamp zahlte gerade. Ratte kippte sich die letzten Pommes aus dem Körbchen direkt in den Mund.

»Geht es dir jetzt besser?«, fragte Lepcke den Ami. Seine Oberlippe zitterte immer noch.

»Wir können«, erklärte Kerschkamp.

Der Wirt guckte böse hinter ihnen her.

Vor dem Bus machte der Ami die nächste Szene. Er schrie »Ich will nicht!«, und klammerte sich am Türrahmen fest.

»Hör auf!«, brüllte Ratte ihn an. »Halt's Maul und steig ein!«

Der Ami kletterte auf die Sitzbank.

Ratte schob sich neben ihn.

Lepcke schien froh zu sein, dass er an der Tür sitzen konnte.

Als Appaz den Motor anließ, hörte er, wie der Ami kicherte.

»Ich habe rote Würmer gekotzt«, erklärte er Ratte. »Echt, Alter, rote Würmer! Voll eklig …«

Ohne ihn zu beachten, kramte Ratte in der Kiste mit den Kassetten. Direkt über ihnen startete ein Flugzeug.

Alle Parkplätze vor dem Flughafengebäude waren besetzt.

»Da drüben!«, sagte Kerschkamp.

»Nur für Fahrzeuge des diplomatischen Corps«, las Lepcke von hinten.

»Egal«, sagte Ratte.

Zwischen einem schwarzen, auf Hochglanz polierten Citroën DS und einem ebenso schwarzen und glänzenden Jaguar war eine Lücke. Appaz parkte den Bus.

»Passt doch«, grinste Kerschkamp.

»Und jetzt?«, fragte Lepcke mit einem unsicheren Seitenblick auf den Ami, der zusammengekrümmt auf der Rückbank hockte und wieder mit seinen Fingern spielte.

Appaz steuerte wortlos auf eine Telefonzelle zu.

Schon nach dem ersten Klingeln wurde der Hörer abgenommen.

»Wir sind jetzt in Orly«, sagte Appaz.

»Das Flugzeug landet heute Abend um kurz nach zehn, Flug LH 401.«

Ihre Stimme klang unbeteiligt, wie eine Bandansage.

»Danke«, erwiderte Appaz und hängte den Hörer ein.

Er warf einen Blick zu den anderen hinüber, die wartend um den VW-Bus standen. Ratte beugte sich gerade vor und guckte durch die Seitenscheibe des Jaguar. Kerschkamp rauchte. Lepcke stieß mit der Spitze seines Turnschuhs gegen den Asphalt. Immer wieder und wieder. Die Haare hingen ihm ins Gesicht.

Ohne weiter nachzudenken, fischte Appaz eine neue Münze aus der Tasche und wählte. Die Nummer von zu Hause. Seine Mutter war dran.

»Kurt! Ist alles in Ordnung mit euch? Wie geht es dir? Wo seid ihr?«

»Irgendwo in Frankreich«, sagte Appaz, »auf dem Weg zur Küste. Es ist alles okay. Und bei euch?«

»Gut, danke. Ich wollte gerade in den Garten, Kirschen pflücken. Du kannst dir gar nicht vorstellen, wie viel Kirschen wir dieses Jahr haben …«

»Das Geld ist gleich weg«, sagte Appaz. »Sag Vater, dass der Bus gut läuft. Und dass seine Schokolade klasse ist. Ich melde mich wieder.«

»Aber …«

»Ihr braucht euch keine Sorgen zu machen, es ist alles okay, wirklich. Passt gut auf euch auf!«

Appaz hängte ein.

Er schlappte an der Reihe wartender Taxis vorbei zum VW-Bus.

»Kurz nach zehn«, sagte er, »lass uns gucken, ob sie hier so was haben wie eine Krankenstation oder so. Vielleicht können die ihm irgendwas geben, bis sein Vater da ist.«

Er nickte mit dem Kopf zum Ami, der ihn verständnislos anstarrte.

»Geil, Alter«, sagte Ratte und boxte den Ami gegen den Arm, »dein Alter kommt, du kannst nach Hause!«

Lepcke blickte auf seine Uhr.

»Das sind noch über vier Stunden!«

»Am besten fragen wir mal nach einem Arzt oder so«, sagte Kerschkamp. »Wie Kurt gesagt hat: Die müssen doch einen Arzt hier haben.«

Sie nahmen den Ami in die Mitte. Als sie in die Flughafenhalle kamen, schob sich Ratte dicht neben ihn, um das Messer zu verbergen, das der Ami wieder in der Hand hielt.

Sie fielen trotzdem noch genug auf. Vier Langhaarige, Appaz und Kerschkamp nur mit schulterfreien Unterhemden mit bunten Batikmustern, Lepcke und Ratte mit großen Schweißflecken unter den T-Shirt-Ärmeln.

Nur der Ami trug einen Rollkragenpullover, über dem kränklich sein bleiches Gesicht leuchtete.

Die Frau am Lufthansa-Schalter war offensichtlich bemüht, sie mit einer irritiert gestammelten Wegbeschreibung zur Krankenstation möglichst schnell wieder loszuwerden.

»Ich schätze mal, wir stinken wie Puma«, stellte Ratte ungerührt fest.

Lepcke schnüffelte an seiner Achselhöhle. Und wurde noch röter, als er ohnehin schon war.

Sie schoben sich gerade durch eine Glastür, als ein Flughafenangestellter hinter ihnen her gerannt kam. In blauer Uniform wie ein Pilot, der respektheischende Eindruck wurde allerdings deutlich gemindert durch die schlimmen Aknenarben in seinem Gesicht. Er war kaum älter als Appaz und die anderen.

Ob sie diejenigen wären, die zu dem VW-Bus gehörten. Und der Bus müsse da weg. Sofort.

»Ich mach ihn fertig«, erklärte der Ami mit stierem Blick.

Appaz und Ratte drückten ihm den Messerarm nach unten. Das Aknegesicht zuckte zurück, seine Augen irrten unruhig durch die Halle, auf der Suche nach irgendeinem Wachmann.

»Il est malade«, erklärte Kerschkamp, »malade à la tête. Nous cherchons un docteur.«

»Stell die Karre irgendwo anders hin, nun mach schon.«

Appaz drückte Lepcke den Schlüssel in die Hand.

»Wer, ich?«

Lepcke starrte auf den Schlüssel.

Zwei Tage bevor sie aufgebrochen waren, hatte Appaz mit Kerschkamp und Lepcke anfahren geübt, auf irgendeinem Autokino-Parkplatz. Dabei hatte Lepcke durchaus ein Gespür für die gewöhnungsbedürftige Bullikupplung gezeigt, die erst auf dem letzten Zentimeter kam, während Kerschkamp eher dazu tendierte, den Bus in großen Sprüngen über den Parkplatz zu prügeln. Ohne dabei den Blick vom Schalthebel zu nehmen, dessen haklige Länge ihm ganz offensichtlich gehörigen Respekt abnötigte.

»Nee«, sagte Lepcke, während seine Stirn bereits wieder dicke Schweißperlen zeigte, »ich … ich kann das nicht.«

»Nerv nicht«, sagte Ratte. »Oder willst du etwa, dass ich fahre?«

Das Aknegesicht intensivierte unter hektischem Rucken des Kopfes seine Suche nach irgendeiner vorgesetzten Autorität.

»Mann, los!«

Kerschkamp verpasste Lepcke einen Stoß gegen die Schulter, mit zusammengekniffenen Lippen zog Lepcke ab, Aknegesicht dicht auf den Fersen.

»Ich mach alle fertig«, erklärte der Ami wieder und markierte so was wie ein Zähnefletschen.

»Du redest«, sagte Ratte zu Kerschkamp, »dein Französisch ist am besten.«

»Il est très malade«, brachte Kerschkamp also gegenüber der Schwester auf der Krankenstation wieder vor, »nous cherchons un docteur.«

Der Arzt kam in weißen Jeans und weißem Oberhemd aus dem Nebenraum geeilt, allerdings schien er sich nach Kerschkamps mittlerweile recht flüssiger Eröffnung nicht ganz sicher zu sein, auf wen von ihnen sich das Krank-im-Kopf beziehen sollte. Bis Appaz für einen Moment nicht aufpasste und der Ami mit gezücktem Messer auf den Arzt losstürmte. Wieder zähnefletschend und mit rollenden Augen.

Die Schwester schrie erschrocken auf, dann riss Ratte den Ami zurück und verdrehte ihm den Arm.

»Très malade. A la tête«, wiederholte Kerschkamp.

Mit skeptisch hochgezogenen Augenbrauen stellte der Arzt die Frage, die ihm angesichts dieser zweifellos nicht zu seiner üblichen Klientel passenden Typen am folgerichtigsten erschien und gleichzeitig eine erste Diagnose nahelegte: »Drogues? Narcotica? Qu'est-ce qu'il a pris?«

Kerschkamp schüttelte den Kopf. »Nous ne savons pas.«

»Pas de narcotica«, ergänzte Appaz schnell, ahnend, dass jeder Verdacht auf Rauschgift weitere und eher unerfreuliche Konsequenzen für sie alle nach sich ziehen würde.

Kerschkamp reagierte schnell.

»Non, non, nous ne prenons pas de 'aschisch ou quelque chose, wir ... wir glauben, dass er eine Depression hat oder so, mehr nicht.«

»Was laberst du da?«, mischte sich Ratte ein. »Pas de depression, un paranoia, er ist schizophren oder so'n Scheiß, ist doch klar.«

Das Letztere an den Arzt gewandt und mit einem Nicken zu dem Ami, der mit offenem Mund vor sich hin keuchte, während ihm unablässig die Spucke übers Kinn lief und eine deutliche Spur auf seinem Rollkragen hinterließ.

Appaz versuchte eine etwas klarere Linie in die Situation zu bringen: »We have phoned his father, he will come at ten tonight und take him home. But maybe you have something you can give him, some pills to calm him down.«

Der Arzt schüttelte den Kopf.

»No chance. Hospital.«

»We need your help«, sagte Appaz, froh, dass er mit Hilfe von ein paar englischen Vokabeln eine ihm deutlich aussichtsreicher erscheinende Möglichkeit der Verständigung gefunden hatte, »please, we stay here and look after him, until his father arrives. And then he is off anyway, but we need your help.«

»It's our holiday«, schob Kerschkamp nach.

»I give you a pill«, sagte der Arzt zögernd, »okay. But you take away knife. Pas de avion avec le couteau.«

»Schon klar.« Ratte nickte. »Wenn er die Pille drin hat, nehmen wir ihm das Messer weg, logo.«

Der Arzt wechselte ein paar schnelle Sätze mit der Schwester, die kurz verschwand und mit einem Wasserglas zurückkehrte, zwei grellgelbe Pillen auf der offenen Handfläche.

»Okay, do your job«, nickte der Arzt, während Kerschkamp dem Ami wie ein älterer Bruder dem kleinen den Arm um die Schulter legte und ihn auf die plastiküberzogene Bank drückte, wo der Ami übergangslos zu schluchzen anfing.

»He, was zu trinken!«, ließ sich Ratte zur allgemeinen Verblüffung vernehmen und griff nach dem Wasserglas, um es augenblicklich zur Hälfte hinunterzustürzen und mit schauspielreifer Mimik die durstlöschend-wohltuende Wirkung zu demonstrieren, bevor er das Glas dem Ami hinhielt.

»Hier, willst du auch einen Schluck?«

»Nimm die dazu, ist gut«, sagte Kerschkamp und drückte dem Ami die beiden Pillen zwischen die Lippen, »einfach runterschlucken.«

Der Ami schluckte brav und trank das Wasser aus. Dann fing er wieder an zu schluchzen.

Appaz kniete sich vor ihn und fasste nach der Hand mit dem Messer. Er konnte dem Ami ohne weiteres die Finger aufbiegen, blieb aber noch für einen Moment hocken, bevor er das Messer zusammenklappte und es sich in die hintere Tasche seiner Jeans schob.

»Pas de problème, hä?«, meinte Ratte grinsend an die Adresse des Arztes gerichtet, der die Szene mit professionellem Interesse beobachtete und sich jetzt schulterzuckend ein zustimmendes Lächeln erlaubte, eine Art vorsichtiger Sympathiekundgebung für diese Typen vor ihm, die er unter normalen Umständen wahrscheinlich lieber gehen als kommen gesehen hätte.

Kerschkamp tätschelte dem Ami den Rücken. Der Ami zog den Rotz hoch und wischte sich über die Augen.

Als es klopfte, zuckten sie unisono zusammen.

Lepcke! Die Haare strähnig vom Schweiß, der ihm in Sturzbächen über das Gesicht lief. Sein Blick irrte durch den Raum, bis er an Appaz hängen blieb.

»Du musst kommen, ich hab Scheiße gebaut. Ich wollte in so eine Tiefgarage, aber der Bus ist zu hoch, der passt da gar nicht rein.«

»Kapier ich nicht, und wo ist da jetzt das Problem?«, fragte Kerschkamp. »Dann fahr doch woanders hin.«

»Geht ja nicht.« Lepcke war den Tränen nahe. »Ich bin ja schon durch die Schranke durch, aber die Ausfahrt ist auf der anderen Seite …«

»Ist doch geil«, erklärte Ratte eifrig, »ist wie beim Bund, hat mein Bruder mal erzählt, Udo, da mussten sie mit dem LKW unter so einer Brücke durch, die zu niedrig war, aber sie haben einfach ein bisschen Luft aus den Reifen gelassen.«

»Kommst du?«, fragte Lepcke zu Appaz, ohne auf Ratte zu achten. »Du musst ihn irgendwie da rausfahren …«

Appaz stand auf und nickte.

»Ich kapier es immer noch nicht«, sagte Kerschkamp.

»He couldn't come in and he couldn't come out«, fing Ratte grinsend an zu singen. »He couldn't come i-in …«

Der Arzt blickte irritiert von einem zum anderen.

»I'll be back in a minute«, erklärte Appaz, weil er irgendwie das Gefühl hatte, als könnte der Arzt das Ganze für ein abgekartetes Spiel halten. Dass sie einer nach dem anderen gehen würden, bis er mit dem Ami alleine dasaß. »My friends stay here.«

Aber Lepcke und er waren kaum zur Tür raus, da tauchte Aknegesicht wieder auf, mit einem Typen im Schlepptau, der genau die Art von Autorität vorstellte, nach der Aknegesicht vorhin vergeblich Ausschau gehalten hatte. Und der ihnen jetzt den Weg verstellte.

»Customs« konnte Appaz den Aufnäher auf seiner Hemdbrust entziffern.

»You have problems?«

»No, no«, versicherte Appaz schnell, »no problem, it is only our van, we have to find a parking.«

»I show you where«, erklärte der Zöllner und eilte bereits mit langen Schritten vor ihnen her, »you park the van where I show you.«

»Okay«, sagte Appaz, »no problem.«

»I wait here«, sagte der Zöllner, als sie vor dem Flughafengebäude standen, »you come here and I show you.«

»Okay, one minute.« Appaz nickte wieder und folgte Lepcke über den Diplomatenparkplatz und eine lange Auffahrt hinunter bis zur Tiefgarage.

Der Bus stand mit müde zuckender Warnblinkanlage direkt vor der Einfahrt. Eine rotweiß gestreifte Latte an zwei Ketten hing schräg auf dem Suchscheinwerfer.

»Mann«, sagte Appaz, »1,95 Höhe, da steht's, bist du blind?«

»Habe ich auch gesehen«, verteidigte sich Lepcke mit nach wie vor eher weinerlicher Stimme, »aber da war ich schon durch die Schranke durch.«

»Rückwärts raus«, sagte Appaz.

»Aber die Schranke geht nicht mehr auf ...«

Ein Renault mit französischem Kennzeichen stand vor der Schranke. Der Fahrer brachte Appaz und Lepcke augenblicklich mit dem die Einfahrt blockierenden Bus in Verbindung und stürmte mit einem deutlich aggressiven Redeschwall auf sie zu, wobei er immer wieder auf das Zifferblatt seiner Armbanduhr tippte.

Es dauerte eine Weile, bis sie ihm begreiflich machen konnten, dass, egal, wie sehr er sich aufregte oder ihm die Zeit davonlief, gar nichts passieren würde, solange er nicht erst mal seinen Renault zurücksetzte. Was allerdings inzwischen durch die Tatsache erschwert wurde, dass sich hinter dem Renault ein zweiter Wagen eingeordnet hatte. Und dass der Fahrer des zweiten Wagens sich als des Französischen bestenfalls bruchstückhaft mächtiger Algerier oder Marokkaner erwies, machte die Sache nicht einfacher.

Aber dann waren beide Autos an die Seite gefahren, und Appaz zog an dem Schrankenautomaten ein neues Ticket. Nur um gleich darauf feststellen zu müssen, dass die Schranke sich zwar öffnete, aber nach einer genau berechneten Zeitspanne mit einigem Druck wieder senkte, ohne dass er oder Lepcke in der Lage waren, mit reiner Muskelkraft gegen den Mechanismus anzuhalten. Der Algerier oder Marokkaner löste das Problem schließlich auf algerisch-marokkanische Weise, indem er bei einem neuen Versuch das Scharnier der Schranke mit etwas blockierte, das Appaz mit einiger Verblüffung als eine Brechstange identifizierte, die der Typ wie selbstverständlich unter dem Fahrersitz hervorgezogen hatte.

Appaz manövrierte den Bus rückwärts durch die Schranke und die Einfahrt hoch. Er hielt Lepcke die Tür auf.

Der Zöllner wartete tatsächlich immer noch vor der Abfertigungshalle auf sie und bedeutete ihnen jetzt mit einem Gesicht, das auch beim besten Willen kein Anzeichen von Freundlichkeit erkennen ließ, ihm zu folgen.

Was Appaz auch tat, im zweiten Gang und mit schleifender Kupplung und ohne sich weiter um Lepckes jammernde Kommentare zu kümmern, nur darauf bedacht, dem Zöllner nicht auf die Hacken zu rollen. Bis zu dem massiven Gittertor, das der Beamte für sie öffnete, um ihnen einen Platz neben dem nächstgelegenen Hangar anzuweisen. Er wartete erneut, bis sie den Bus geparkt hatten und zum Tor zurückkamen, das er sorgfältig hinter ihnen verschloss.

»Was soll das?«, fragte Appaz. »How can we get the van when we want to leave?«

»You don't leave. You stay here for the night. We want to check your van in the morning.«

»But …«

»You stay here. Camping. A good place. Very safe.«

»Scheiße«, stammelte Lepcke, »der sperrt uns ein, die Sau. Was soll das, he, mach doch irgendwas!«

»We check your van in the morning«, wiederholte der Zöllner, »then you can go.«

6

Der Zöllner führte sie durch ein Nebengebäude zurück zum Erste-Hilfe-Raum, wobei er grundsätzlich zwei Schritte hinter ihnen blieb und sie nur jeweils mit einem gebellten »à gauche, à droit« in die entsprechende Richtung dirigierte.

Der Ami lag über drei Stühle ausgestreckt in komaähnlichem Tiefschlaf.

»Demain matin«, verkündete der Zöllner mit einem eindeutig gehässigen Grinsen und überließ sie der Obhut des Aknegesichts.

Der Arzt war nirgends zu sehen, die Krankenschwester blätterte betont gelangweilt in einer Illustrierten. Nach der Art, in der sie abwechselnd die Beine übereinander schlug, sich vorbeugte, eine Haarsträhne hinters Ohr strich, ihre Hand wie zufällig über den Hals und in den Ansatz ihres Kittels gleiten ließ, war sie sich sehr wohl der dreisten Blicke bewusst, mit denen Ratte jede ihrer Bewegungen verfolgte.

»Die Kacke ist voll am Dampfen«, flüsterte Lepcke mit einem Seitenblick auf Aknegesicht, dessen Augen zwischen Ratte und der Krankenschwester hin- und herschossen. »Sie haben uns, wir kommen hier nicht mehr weg, die kriegen uns voll dran …«

Mit wenigen Worten schilderte Appaz die Situation, der Platz neben dem Hangar, der ihnen zugewiesen worden war, das Gittertor, die Ankündigung, dass am anderen Morgen sich der Zoll den Bus vornehmen würde.

»Scheiße«, sagte Kerschkamp.

»Wieso?«, meinte Ratte ungerührt, ohne den Blick von der Krankenschwester zu wenden, die gerade vor einem metallenen Karteikasten in die Hocke ging, um die unterste Schublade herauszuziehen, wobei sich ihr Höschen unter dem straff gespannten Kittel deutlich abzeichnete, »Wieso?«, wiederholte Ratte mit stierem Blick, »dann rauchen wir den Scheiß eben heute Nacht einfach weg, ist doch geil, dann können die uns gar nichts.«

»Stimmt, Alter, da ist was dran«, nickte Kerschkamp merklich beruhigt.

»Ihr könnt ja schon mal anfangen, wenn der Ami dann weg ist, kann sein, dass ich erst ein bisschen später komme …«

»Hä? Wovon redest du?«

Lepckes Stimme war nicht viel mehr als ein heiseres Krächzen, er schluckte krampfhaft.

Ratte grinste nur.

Die Krankenschwester zog eine Karte aus dem Kasten und ging zur Tür, die sie angelehnt ließ, als wollte sie gleich zurückkommen.

»Ich fürchte, ihr müsst jetzt schon mal einen Moment ohne mich klarkommen …«

Ratte stand grinsend auf und schob sich das T-Shirt in die Jeans. Er reckte den Daumen zu Appaz hin.

Aber er hatte noch keine zwei Schritte gemacht,

als sich Aknegesicht ebenfalls von seinem Stuhl erhob und sich in der Tür aufbaute, die Arme links und rechts gegen den Rahmen geklemmt.

»He, was soll das? Ich … ich will mal pinkeln, Mann, lass mich durch!«

Aknegesicht schüttelte den Kopf.

Ratte hob die Arme, um ihn beiseite zu schieben.

»Hör auf«, sagte Appaz, »vergiss es, das gibt nur Ärger.«

»Aber wieso, Mann, was soll das?«

Ratte drehte sich wieder um.

»Seid ihr alle blind oder was? Habt ihr nicht gesehen, was da läuft, mit mir und der Alten, meine ich, da läuft was, kapiert ihr nicht? Der Kerl soll mich durchlassen …«

»He!«

Appaz stand ebenfalls auf.

»Aber ich muss auch mal pinkeln, echt«, greinte Lepcke.

Aknegesicht trat einen Schritt zur Seite und ließ ihn durch.

»Was ist das denn jetzt, ich glaub es ja wohl nicht mehr!«, regte sich Ratte auf, »Wieso der und ich nicht?!«

Appaz drückte Ratte auf den nächstbesten Stuhl.

»Es reicht, Alter, du nervst …«

»Aber seid ihr echt alle blind oder was?«, stammelte Ratte fassungslos, »Mann, die hat mich doch voll angemacht, die wartet jetzt da auf mich, und der Einzige, der kommt, ist Lepcke, das ist doch Scheiße, Mann!«

Kerschkamp hockte sich auf den Stuhl neben Ratte.

»He, glaubst du echt, da wäre was gelaufen?«, fragte er interessiert. »Einfach so?«

»Natürlich«, knurrte Ratte, um dann in wütendes Schweigen zu versinken, den Blick auf den Fußboden gerichtet.

Die nächsten zwei Stunden brüteten sie alle vor sich hin, jeder mit einem Plastikbecher Kaffee in der Hand, den Lepcke von seinem Gang zur Toilette mitgebracht hatte.

Die Krankenschwester kam nicht zurück. Auch der Arzt ließ sich nicht wieder blicken.

Der Ami knirschte im Schlaf mit den Zähnen.

Jedes startende oder landende Flugzeug brachte die Fensterscheiben zum Klirren.

Irgendwann langte Aknegesicht hinter sich und ließ eine flackernde Neonröhre aufflammen.

Als der Zöllner erschien, sprang er so heftig auf, dass sein Stuhl umkippte.

Der Zöllner schob einen Mann ins Zimmer.

»Le père«, sagte er.

Appaz streckte dem Vater des Amis die Hand hin.

»Er schläft«, sagte er mit einem Blick auf den Ami.

Der Vater fasste den Ami vorsichtig an der Schulter. Der Ami schlug die Augen auf und setzte sich augenblicklich hin. Ließ sich dann widerstandslos aufhelfen und sagte: »Tschüß, Leute, macht's gut«, während sein Vater ihm den Arm um die Schultern legte und ihn zur Tür dirigierte.

»Er hat ein Medikament gekriegt«, meinte Appaz dem Vater erklären zu müssen, »deshalb ist er so ruhig. Aber kurz davor ist er noch mit seinem Messer auf den Arzt los.«

Wie zum Beweis zog er das Messer aus seiner Jeans und drückte es dem Vater in die Hand. Er war froh, als der Ami jetzt wenigstens anfing, wie irre vor sich hin zu kichern.

Sein Vater nickte ihnen nur kurz zu und schob den Ami dann unverzüglich auf den Gang. Dort übernahm Aknegesicht die Führung, während der Zöllner Appaz und seine Freunde mit einem knappen »Allez!« in die entgegengesetzte Richtung wies, wieder den Gang entlang, den Appaz und Lepcke schon kannten, bis zu dem Platz vor dem Hangar, wo sich der VW-Bus als undeutlicher Fleck in der Dämmerung abzeichnete.

Dann waren sie allein. Und pinkelten in einer Reihe an die Wand des Hangars.

»Der hat noch nicht mal danke gesagt, der Arsch«, stellte Kerschkamp fest, »der Vater, meine ich.«

»Er hat uns kein Wort geglaubt«, sagte Appaz.

»Aber der Ami ist doch wirklich durchgeknallt, oder?«, fragte Lepcke, »Ich meine, das haben wir uns doch nicht nur eingebildet …«

»Ein Arsch«, wiederholte Kerschkamp und meinte immer noch den Vater, »habt ihr gemerkt, dass er noch nicht mal gefragt hat, wie es dem Ami geht oder was eigentlich los ist? Mann, er hat ihn nur einfach abgeholt wie ein Paket oder so, das ist doch nicht normal!«

Ratte ließ einen pfeifenden Furz fahren.

»Los, Leute, wir haben noch viel zu tun …«

Er holte das Stanniol-Päckchen mit dem Piece aus dem Aschenbecher-Versteck und fing an, einen Joint zu rollen.

»Kein Licht«, sagte Appaz, als Lepcke die Innenbeleuchtung einschalten wollte.

»Haben wir noch was zu essen?«, fragte Kerschkamp, während der Joint bereits die dritte oder vierte Runde machte.

»Baguette ist noch da …«

»He, und der Honig, Leute, das wär's doch jetzt! Der Honig von Kurts Mutter …«

Kerschkamp wühlte unter der Rückbank, bis er den Fünf-Kilo-Eimer Honig gefunden hatte, den Appaz' Eltern ihnen für ausgiebige Frühstücke auf sonnigen Campingplätzen gestiftet hatten. Mit einem Schraubenzieher hebelte er den Deckel auf, griff dann aber in der Dunkelheit daneben, mit dumpfen Poltern schlug der Eimer auf den Boden des Busses.

»Scheiße«, fluchte Kerschkamp, ohne auch nur den Versuch zu unternehmen, den Eimer wieder aufzurichten, während sich der Honig bereits in den Blechriefen verteilte.

Appaz rettete kaum mehr als einen kläglichen Rest. Sorgfältig verschloss er den Eimer wieder und stellte ihn zurück unter die Bank, bevor er ein Stück Baguette abbrach und es in die klebrige Lache dippte.

»Geile Idee, Alter«, meinte Kerschkamp und drückte bereits ein Stück Brot über die Bodenrillen, um es sich dann von Honig triefend in den Mund zu stopfen.

»Echt, das ist doch eine Sauerei, das klebt doch alles, Leute, das müssen wir morgen aber irgendwie wegmachen«, erklärte Lepcke.

»Jetzt, das machen wir jetzt weg!«

Kerschkamp hielt ihm ein Stück Baguette hin.

Ratte rollte kichernd den nächsten Joint.

Sie schliefen bei offenen Türen.

Irgendwann schreckte Appaz hoch, als es schon wieder hell wurde und das erste Flugzeug startete. Er zog Ratte die kalte Kippe aus den Fingern und kletterte über Kerschkamp hinweg, um hinter dem Bus zu pinkeln.

Prompt landete er mit dem Fuß in der Honiglache und fluchte leise vor sich hin, stand dann aber noch einen Moment fröstelnd neben dem Bus und brauchte eine Weile, bis er das, was er sah, auch kapierte – das Gittertor stand weit offen, in unregelmäßigen Abständen passierten irgendwelche Gabelstapler die Einfahrt, hoch beladen mit Lebensmittelkartons. Appaz knallte die Flügeltüren zu und hatte den Motor schon gestartet, bevor einer von den anderen auch nur den Kopf hob. Im Umdrehen rollte Ratte von der Sitzbank ohne aufzuwachen.

Appaz wartete auf eine Lücke im Lieferverkehr und gab Gas. Zehn Minuten später waren sie auf der Landstraße in Richtung Orléans unterwegs.

Sie kamen bis Chartres, dann konnte Appaz nicht mehr. Er folgte irgendwelchen Parkplatzschildern, die sie im dichten Berufsverkehr durch enge Gassen führten, bis zu einer sauber gemähten Wiese unter gewaltigen Platanen mit hellschimmernden, rissigen Stämmen. Ein Stück weiter war ein Zigeunerlager, dahinter erhob sich mächtig und dunkel die Silhouette einer Kirche.

Appaz hockte noch einen Moment zusammengesunken hinter dem Lenkrad, bis Kerschkamp neben ihn kroch und fragte: »Wo sind wir überhaupt?«

»Chartres«, sagte Appaz, »schon hinter Orléans.«

»In Chartres gibt es eine Kathedrale«, kam Lepckes Stimme von hinten, »haben wir mal in Französisch gehabt, ist ziemlich berühmt.«

Appaz nickte mit dem Kopf über das Zigeunerlager hinweg auf die Kirchensilhouette.

»Echt?«, fragte Kerschkamp. »Das ist sie? Geil!«

Er drehte sich zu Lepcke.

»Los, Alter, wir gehen ein paar Fotos machen …«

Kerschkamp und Lepcke zogen mit dem Fotoapparat in Richtung Kathedrale.

Appaz machte die Heckklappe auf und haute sich auf die Schlafbühne. Nur undeutlich kriegte er noch mit, wie Ratte sich fluchend bei wem auch immer darüber beschwerte, dass er mit dem Hintern seiner Jeans in dem verschmierten Honig gelandet war, dann war Stille. Nur das Lärmen der Zigeunerkinder drang wie von weit her über die Wiese. Und irgendwann dann wieder die gedämpften Stimmen von Kerschkamp und Lepcke, die sich offensichtlich Mühe gaben, ihn nicht zu wecken.

»Hoffentlich sind sie jetzt nicht alle hinter uns her«, sagte Lepcke gerade, »die Bullen und alle.«

»Wärst du lieber dageblieben und hättest auf den Zoll gewartet oder was?«

Kerschkamp.

Und wieder Lepcke: »Nein, natürlich nicht, war schon gut so. War echt gut, wie wir das hingekriegt haben. Einfach weg. Die werden sich ganz schön gewundert haben, die Typen vom Zoll, meine ich. Hauptsache, sie sind jetzt nicht hinter uns her …«

»Wir haben gar nichts hingekriegt. Kurt war es. Kannst dich bei ihm bedanken.«

»Meinst du, er schläft noch?«

Dann stand Lepcke in der offenen Heckklappe.

»He, Kurt! Wir haben Frühstück eingekauft, willst du was?«

Sie hatten tatsächlich eingekauft. Frisches Baguette, einen Camembert, Pâté und Kakao. Und hockten auf Kerschkamps Schlafsack auf der Wiese.

»Und Ratte?«, fragte Appaz.

»Ist bei den Zigeunern«, erklärte Kerschkamp mit vollem Mund. »Schon eine ganze Zeit.«

Als Ratte zurückkam, winkte er sie mit dem Kopf in den Bus. Um ihnen dann die Platte zu zeigen, die er von den Zigeunern gekauft hatte.

»Bester Marokkaner«, sagte er, »und billig, Leute, fast geschenkt.«

»He, die sieht oben ganz anders aus als unten«, stellte Kerschkamp interessiert fest, »wie zwei Schichten oder so.«

»Zwei Sorten vielleicht, Marokkaner und Afghane, was weiß ich.«

»Oder Schuhcreme«, sagte Appaz.

Ratte ritzte mit dem Daumennagel über die Platte und hielt sich den Daumen unter die Nase.

»Nichts da«, sagte er, »bestes Dope!«

»Und wenn sie doch hinter uns her sind?«, fing Lepcke wieder an. »Ich meine nur, vielleicht sollten wir erst mal lieber ein bisschen vorsichtig sein …«

»Zu spät«, grinste Ratte, während er die Platte wieder in das Plastik wickelte und nach einem Versteck suchte.

»Der Honigeimer«, schlug Kerschkamp vor.

Sie hebelten den Eimer wieder auf. Ratte verklebte das Päckchen mit dicken Streifen Klebeband und versenkte es in dem Honigrest.

»Für lange Nächte am Atlantik«, grinste er zufrieden.

Kerschkamp schob eine Kassette in den Recorder und drehte die Lautstärke hoch. Led Zeppelin, die erste. Been dazed and confused for so long it's not true.

Lepcke holte die Straßenkarte.

»Wir fahren hier zum Atlantik«, zeigte er, »La Rochelle, hier, und dann hier runter … hier ist Lacanau, was meinst du, Kurt?«

Appaz zuckte mit der Schulter.

»Ich weiß nicht, ich will lieber nicht mehr so weit heute, ich hab kaum geschlafen …«

»Kurt muss sagen, wie weit er will«, gab Kerschkamp ihm Rückendeckung, »ist doch auch egal, wir haben ja Zeit. Wir müssen erst morgen in Lacanau sein. Früher sind Andi und Corner wahrscheinlich sowieso nicht da.«

»Wir können es versuchen«, sagte Appaz. »Fahren wir erst mal.«

Sie kletterten in den Bus.

»Schön Platz jetzt«, stellte Ratte fest, »einer kann ganz nach hinten und einer hat die Rückbank, echt geil.«

Um gleich darauf die Kassette aus dem Recorder zu nehmen und zu erklären: »Led Zeppelin kannst du echt nur mit einer richtigen Anlage hören, sonst kannst du das vergessen! – Sag mal irgendwas anderes, Kurt.«

»Canned Heat vielleicht …«

»Echt, muss das sein?«, nölte Ratte. »Aber ist okay, du bist der Fahrer.«

»Spul mal vor auf *Hill's Stomp*«, sagte Lepcke nicht ohne Bösartigkeit. *Hill's Stomp* war ein Vorschlag von ihm gewesen, für die Band, und er hatte sich die Sologitarre von Henry Vestine auch schon Ton für Ton rausgehört gehabt, aber Ratte war an den schnellen Einsätzen kläglich gescheitert.

»Haha«, machte Ratte jetzt auch nur und ließ das Band anlaufen, ohne zu spulen. Die letzten Takte von *Future Blues*. Come on, little mama, gonna knock you right off your feet …

Als sie auf die Straße zurücksetzten, sagte Kerschkamp mit einem Blick auf die Kathedrale: »Eigentlich ein geiler Platz hier. Aber ich habe ein paar gute Fotos gemacht!«

»Und ich hab was Feines für uns eingekauft«, überbrüllte Ratte die kratzende Mundharmonika von Alan »The Owl« Wilson in *Sugar Bee* und drehte sich zum Fenster, um den Zigeunern zum Abschied zu winken.

»An der Loire hättest du übrigens noch mehr gute Fotos machen können«, sagte Lepcke plötzlich zu Kerschkamp. »Da gibt es ein Schloss am anderen. Wir sind nur nicht hingefahren!«

»Echt?«, fragte Kerschkamp.

»Echt«, sagte Lepcke. »Aber ich dachte, es interessiert euch nicht.«

»Tut es auch nicht«, mischte sich Ratte ein. »Und außerdem fährt Kurt, da können wir sowieso nichts machen.«

Sie brauchten länger, als sie gedacht hatten. Die Landstraße quälte sich scheinbar endlos bergauf und bergab, von Dorf zu Dorf, manchmal auch schnurgerade, wie mit dem Lineal gezogen. Aber es kam auf keinen Fall in Frage, die Autobahn zu nehmen, die immer parallel zu ihnen in Richtung Küste verlief. Ihre Autobahnfahrt von Orléans nach Paris sollte unbedingt die Ausnahme bleiben, das einzige Zugeständnis, das sie auf ihrer Tour – nur der Not gehorchend – an moderne und damit verabscheuungswürdige automobile Zeiten gemacht hatten. Aber nachdem sie bereits zum wiederholten Mal direkt vor einer Bergkuppe und trotz permanenten Gegenverkehrs von einem französischen Auto überholt worden waren, fing zumindest Appaz an, die zu Hause gerne kolportierte Aussage zu bezweifeln, dass die Franzosen – im Gegensatz zu den engstirnigen, sprich ge- und verbotshörigen Deutschen – zwar schnelle, aber äußerst rücksichtsvolle und umsichtige Autofahrer seien. Vielmehr schien ihm, dass sie nur mit einem Ziel hinters Lenkrad kletterten, nämlich vom ersten Kilometer an unter größtmöglichem Risiko zu überholen.

Den meisten Respekt aber nötigten ihnen allen die dreispurigen Landstraßen ab, bei denen die mittlere Fahrspur beiden Richtungen zum Überholen diente.

»Wie in Indien«, meinte Kerschkamp, »da brettern sie so lange aufeinander zu, bis einer die Nerven verliert. In die Hose geht das Ganze nur, wenn keiner von beiden als Feigling gelten will.«

Ratte beugte sich vor.

»Ich glaube aber, dass hier zur Not auch vier

nebeneinander passen würden. Wenn alle ganz rechts fahren und so«, sagte er in dem offensichtlichen Versuch, sich selbst zu beruhigen.

Trotzdem wagte sich Appaz nicht an der verbeulten Kastenente vor ihnen vorbei, die ihn an jeder Steigung in den zweiten Gang zurückzwang. Erst als links irgendeine Abzweigung kam, benutzte er kurz entschlossen das schraffierte Feld zum Überholen.

»Na bitte«, meinte Kerschkamp, »geht doch.«

Es war schon weit nach acht Uhr abends, als sie endlich durch La Rochelle kamen.

»Lacanau können wir jedenfalls vergessen«, sagte Kerschkamp, der immer noch vorne neben Appaz saß und die Karte auf den Knien hatte.

»Ich will auf irgendeinen Camping«, sagte Appaz, »ich hab die Schnauze voll.«

»Und wenn wir auf die Île d'Oleron rüberfahren?«, schlug Kerschkamp vor. »Ist nicht so weit. Und wenigstens eine Insel, mit richtigem Sand und so«, setzte er mit einem Blick auf den tangbedeckten Matschstreifen hinzu, der sich rechts neben der Straße entlangzog. »Gibt auch eine Brücke da rüber …«

Appaz nickte.

»Wohin jetzt?«, fragte Ratte.

»Île d'Oleron!«

Weitere zwei Stunden später rollten sie auf die Insel.

»Da!«, sagte Kerschkamp und zeigte auf ein Schild mit der Aufschrift »Plage«.

Appaz schaltete inzwischen und gab Gas, ohne überhaupt noch mitzukriegen, was er eigentlich tat.

Er war so müde, dass er kaum noch die Augen offen halten konnte.

Der Himmel hatte sich schlagartig verdunkelt, fast schwarze Wolken schoben sich über dem Meer heran, die Sandstreifen am Fahrbahnrand leuchteten grau in der Dämmerung. Abrupt endete die Straße. Vor ihnen zog sich der Sand in Wellen eine Dünenkette hinauf.

Ratte und Lepcke schoben die Köpfe über die Sitzlehnen.

»Mach mal den Suchscheinwerfer an«, sagte Kerschkamp.

Appaz legte den Schalter um, den der Dicke vorne am Armaturenbrett montiert hatte. Das Licht warf gespenstische Schatten in das verschwimmende Grau vor ihnen.

»Geiles Licht«, stellte Ratte fest, »müssen wir unbedingt Udo erzählen!«

»Wir bleiben hier«, sagte Appaz und stellte den Motor ab, »ich kann nicht mehr.«

»Ist doch auch gut, der Platz«, meinte Kerschkamp, »keiner weiter da und so, perfekt.«

»Meint ihr, das geht einfach so?«

Lepcke zeigte auf ein Schild: »Camping interdit«.

»Ist ja nur für eine Nacht«, sagte Kerschkamp, »morgen früh sind wir wieder weg.«

»Genau«, nickte Ratte, »eine Nacht ist kein Camping. Und außerdem ist sowieso keiner da, der sich aufregen könnte.«

Sie beschlossen, dass Ratte und Lepcke im Bus schlafen würden und Appaz mit Kerschkamp im Zelt.

»Gut, dass wir extra Sandheringe mithaben«,

sagte Kerschkamp, »sonst hätten wir echt ein Problem hier.«

Allerdings ließen sich die langen Heringe kaum bis zur Hälfte in den Sand schieben, und das Zelt stand mit durchhängenden Schnüren eher schlecht als recht.

»Egal«, sagte Ratte, »sieht ja keiner.«

»Kommst du noch mit zum Meer?«, fragte Kerschkamp, während er einen Pullover aus seinem Rucksack kramte.

Appaz schüttelte den Kopf.

»Ich hau mich gleich hin.«

Er schob seinen Schlafsack ins Zelt.

»Gibt keinen Regen«, sagte Ratte und zeigte zum Himmel, der sich jetzt wieder sternenklar über ihnen wölbte. »Schwein gehabt.«

Am nächsten Morgen wurden sie von beißendem Abgasgeruch geweckt.

Als Appaz aus dem Zelt kroch, brauchte er einen Moment, um sich zu orientieren. Links und rechts von ihnen parkten Autos, die Sonne spiegelte sich in glänzendem Lack und Chrom, Heerscharen von Familien mit kleinen Kindern zogen bepackt mit Kühltaschen und Sandspielzeug die Düne hinauf.

Der Bus wirkte merkwürdig fehl am Platz, vor allem mit Ratte in der offenen Flügeltür, der Appaz mit einer Tüte zwischen den Lippen entgegengrinste. Dass er nur eine olivgrüne Bundeswehrunterhose anhatte, machte die Sache nicht unbedingt besser.

Die Zeltschnüre hatten über Nacht auch noch den letzten Rest an Spannung eingebüßt, nur langsam dämmerte es Appaz, dass sie mitten auf einem Parkplatz standen und die Heringe nutzlos in den paar Zentimetern Flugsand steckten, die die Betonplatten verdeckten.

»Camping interdit!«

Ein französischer Familienvater baute sich mit fuchtelndem Zeigefinger vor Appaz auf.

»Oui, oui«, beeilte sich Appaz zu erklären, »nous cherchons la direction à …«

Das Wort für Fähre hatte niemals in irgendeinem Schulbuch gestanden, das er in der Hand gehabt hatte. Er versuchte es mit »the ferry«, aber der Franzose schüttelte nur den Kopf. Appaz holte die Straßenkarte aus dem Bus und zeigte auf die gestrichelte Linie, die von Royan über die Gironde-Mündung verlief.

»Ah! Le bac!«

Der Franzose überschüttete ihn mit einem Wortschwall, ein zweiter Franzose kam hinzu und wurde mit dem Problem vertraut gemacht, Ratte stand auf und stellte sich ein paar Meter weiter neben einen verbeulten Citroën, um in aller Ruhe in den Sand zu schiffen. Die löchrige Unterhose warf Falten über Rattes Hintern. Er muss sie von seinem Bruder geerbt haben, dachte Appaz, und fragte sich, ob Ratte auch keine Skrupel hätte, in dieser Unterhose irgendein Mädchen abzuschleppen. Wahrscheinlich nicht, und Rattes Freundinnen schien es egal zu sein, zumindest wenn man von seinen Erfolgen in Sachen Mädchen ausging.

Die Franzosen waren sich mittlerweile einig geworden über den besten Weg zur Fähre. Appaz bedankte sich und fing an, das Zelt abzubauen. Das veranlasste Kerschkamp zu einer Reihe eher unfreundlicher Kommentare, bis er sich endlich aus der Zeltplane befreit hatte. Mit irritiertem Blick versuchte er, die Situation zu begreifen: die Autos, die schreienden Kleinkinder, die beiden Franzosen, die mit verschränkten Armen Appaz' Bemühungen verfolgten, das Zelt zusammenzulegen, Ratte, der, nach wie vor nur mit der Unterhose am käsig-weißen Körper, irgendwas von »geilem Stoff« faselte und dass er eigentlich gar keine Lust habe weiterzufahren, hier sei es doch auch nicht schlecht …

Unter den aufmerksamen Blicken der Franzosen fuhren sie zehn Minuten später vom Parkplatz. Zurück über die Brücke und in flimmernder Hitze an endlosen Gräben und Tümpeln vorüber, in denen Muscheln gezüchtet wurden.

In irgendeiner Ortschaft suchten sie sich ein Restaurant, setzten sich an einen klapprigen Tisch genau neben der Straße und bestellten jeder eine Portion Miesmuscheln. Appaz schwor sich, dass es das erste und letzte Mal gewesen sei, während Ratte auch noch die letzten Reste schmatzend hinunterschlang und zu niemand im Besonderen rülpsend erklärte: »Ist das geil, Alter!«

Ratte war immer noch breit, was nicht besser wurde, als er sich auf der Fähre von Royan ein Bier holte, mit dem er es sich dann zur Empörung eines Ehepaares im Rentenalter der Länge nach auf dem Decksboden gemütlich machte.

Lepcke stierte wortlos aufs Meer, bis Kerschkamp ihn fragte: »Ist irgendwas?«

»Vielleicht hätten wir ihn doch nicht gleich zurückschicken sollen. War irgendwie fies, eine linke Nummer von uns, ich meine, wir hätten es ja auch noch mal versuchen können …«

Appaz stand auf und stellte sich genervt ein paar Meter weiter an die Reling. Trotzdem hörte er deutlich, wie Kerschkamp sagte: »Was soll das denn jetzt, Mann?! Wir haben das alle entschieden und fertig.«

»Ich finde, wir haben nicht wirklich drüber geredet«, sagte Lepcke. »Kurt hat das entschieden, und das finde ich irgendwie nicht gut.«

»Vergiss es«, erklärte Kerschkamp und stellte sich zu Appaz an die Reling. »Vergiss es«, wiederholte er, diesmal zu Appaz, »es wäre doch gar nicht anders gegangen, oder hätten wir uns wegen dem Arsch den Urlaub versauen lassen sollen? Es war sowieso falsch, ihn mitzunehmen …«

Die Stimmung blieb schlecht, auch als sie längst wieder von der Fähre runter waren und die Abzweigung zur »Route des Lacs« suchten. Sie sollte laut Karte irgendwo am Ortsende von Soulac sein, war aber so schlecht ausgeschildert, dass sie zweimal daran vorbeifuhren.

Nur Ratte schien völlig unbeeindruckt von allem, er hatte den Kassettenrecorder auf den Knien und hörte Yes. *Roundabout*. Driving through the sound and in and out the valley. Bis er zur Seite sackte und mit dem Kopf an der Fensterscheibe wegdämmerte, während sich Steve Howe durch die schrägen Tonfolgen von *Five Percent for Nothing* quälte.

»So ein Schild will ich haben!«

Kerschkamp zeigte auf den Straßenrand,

schwar-ze Buchstaben auf gelbem Grund: »Chaussée déformée«.

»Häng ich mir ins Zimmer. – Mann, wär das geil, wenn wir das Haus kriegen würden! Müssen wir unbedingt machen, gleich nach den Ferien«, redete er übergangslos weiter, »ist doch auch echt ein Wahnsinns-Platz, und vor allem keine Nachbarn und nichts! Und an dem Teich unten machen wir eine richtige Plantage, außen mit Sonnenblumen rum, da kommt keiner drauf, müssen wir nur richtig gießen, Hanf braucht Wasser wie blöde, sonst war's das mit der Ernte ...«

Kerschkamp hatte auf irgendeinem Spaziergang mit einem Mädchen ein leer stehendes Haus entdeckt und hatte sofort voller Begeisterung beschlossen, dass sie alle zusammen dahin ziehen sollten, zumindest alle aus der Band: »Wie Holde Fee in ihrem Kaff da bei Braunschweig oder wo das war, wo wir sie mal besucht haben, du weißt schon!« Jedenfalls hatte er Appaz zu einer Besichtigung am nächsten Tag überredet. Sie waren wieder mit der Kreidler hingefahren, ein ganzes Stück außerhalb der Stadt, in einem Waldstück hinter der Autobahn.

Das Haus stand offensichtlich schon länger leer und war in keinem sonderlich guten Zustand. Auf dem Dach fehlten an mehreren Stellen die Ziegel, und die Holzdielen waren nicht nur im oberen Stockwerk von der Nässe aufgequollen. Der verwilderte Garten allerdings gefiel auch Appaz, eine mit Fliederbüschen umstandene Wiese, verkrüppelte Apfelbäume bis zu einem Teich voller Entengrütze und Froschgequake, dahinter nur noch dunkler Wald.

Aber trotzdem hielt sich Appaz' Begeisterung in Grenzen. So richtig vorstellen konnte er sie sich nicht als Landkommune, und als Kerschkamp anfing, die Zimmer zu verteilen und für sich selbst gleich zwei Räume beanspruchte – »wegen Tanja, du weißt schon, weil sie das ja auch mit entdeckt hat hier, und ihr könnt ja auch gut die Zimmer unterm Dach nehmen, und das Wohnzimmer bauen wir sowieso um zum Tonstudio« –, sah er seine schlimmsten Befürchtungen bestätigt. Aber selbst als Tanja Kerschkamp zwei Wochen später wegen des deutlich älteren Gitarristen von Deadlock verließ, war Kerschkamps Euphorie ungebrochen: »Dann kannst du das Zimmer neben mir haben, ist sowieso besser ohne Frau, gibt weniger Probleme und so.«

Auch jetzt zuckte Appaz nur mit den Schultern und gab vor, sich ganz darauf konzentrieren zu müssen, den Bus auf der Straße zu halten, aber Ratte war wieder zu sich gekommen und griff das Stichwort mit der Hanfplantage auf:

»He, habt ihr das mitgekriegt mit den Typen, die auf der Hamburger Allee Hanf angebaut haben? Mitten auf dem Grünstreifen, echt, und die Gärtner von der Stadt haben immer sauber drum rum gemäht, weil sie dachten, das wäre irgendwie offiziell oder so. Ist nur rausgekommen, weil irgendwelche Anwohner sich gewundert haben, dass abends immer ein paar Langhaarige mit ihren Gießkannen angerückt sind, sonst hätten die das Zeug echt noch geerntet da! Und Udo hat erzählt, dass sie auf dem Truppenübungsplatz mal eine Plantage entdeckt haben, mitten im Wald, und so mit Gebüsch drum rum und so …«

»Könnt ihr euch an den Buñuel-Film erinnern«, unterbrach ihn Kerschkamp, »wo der eine Typ von der Armee erzählt, dass sie ständig breit sind und deshalb immer auf die eigenen Leute schießen?«

»Das Gespenst der Freiheit«, nickte Appaz. »Echt der beste Film, den es von Buñuel gibt. Mit den Mönchen, die da im Hotelzimmer Karten spielen und sich schweinische Witze erzählen und so. Und der Typ im Nachbarzimmer, der seine Frau auspeitscht!«

»Finde ich nicht«, sagte Kerschkamp, »ich fand *Die Milchstraße* irgendwie besser.«

Ratte schüttelte den Kopf.

»Kurt hat recht, *Das Gespenst der Freiheit,* das ist es, mit dem Tag des blutigen Kollegen und so, dieser Bulle, der auf einer Demo einen Studenten plattgemacht hat, und jetzt immer genau an dem Tag wiederkommt, mit völlig zermatschter Fresse, und die anderen haben alle Schiss, ihn zu treffen!«

»Habe ich nie kapiert«, sagte Kerschkamp, »wieso ist der jetzt eigentlich blutig, ich meine, also wieso der Bulle?«

»He! Riecht ihr das?«

Lepcke beugte sich vor.

»Riecht doch mal! Das sind die Bäume, glaube ich …«

»Pinienharz«, sagte Appaz. »Und irgendwie auch noch … heißer Sand oder so …«

»Nichts da«, ließ sich Ratte augenblicklich vernehmen, »Pinienharz, heißer Sand! Mann, Leute, das riecht nach Sommer, kapiert ihr nicht?! Sommer und Ferien und alles und geile Frauen! – Wisst ihr eigentlich, dass dieses Jahr das ›Jahr der Frau‹ ist?! Echt, so was gibt's! Und ist dieses Jahr. Ist das geil oder nicht?«

Im Rückspiegel sah Appaz Rattes glücklich grinsendes Gesicht.

»Das Jahr der Frau, ist ja scharf«, sagte Kerschkamp und hielt den Kopf aus dem Fenster, um wieder den Piniengeruch einzuatmen.

Die Wälder links und rechts der Straße schienen endlos, für ein paar Kilometer sagte keiner von ihnen mehr irgendetwas, als fänden sie keine Worte für die Wirkung, die der Wald mit seinen zerfurchten Sandwegen zwischen den hohen Pinienstämmen auf sie hatte. Als brauchten sie auch keine Worte dafür zu finden.

Nach einer Kurve führte die Straße dann plötzlich direkt am Meer entlang. Zwischen Strand und Fahrbahn war nur ein schmaler Streifen weißer Dünen, der Wind wehte den Sand in Schlangenlinien über den Asphalt.

»Geil«, sagte Ratte.

Die anderen nickten.

Dann knallte eine Wespe gegen das geöffnete Ausstellfenster der Fahrertür, torkelte hilflos innen an der Windschutzscheibe entlang, wurde vom Luftzug gegen Appaz' Gesicht gedrückt und versuchte, unter seine Sonnenbrille zu kriechen. Appaz riss sich die Brille weg, der Bus machte einen Schlenker auf die Gegenfahrbahn, Kerschkamp zerquetschte die benommene Wespe mit einer Kassettenhülle.

Sie redeten darüber, wie schnell etwas passieren konnte, womit keiner rechnete. Und dass sie Glück gehabt hätten, dass ihnen nicht gerade in diesem Moment ein Auto entgegengekommen war.

»Du brauchst nur Sartre zu lesen«, sagte Kerschkamp. »Da steht alles drin!«

»Du meinst Camus«, korrigierte Lepcke, »nicht Sartre.«

»Sartre auch«, beharrte Kerschkamp.

»Camus«, sagte Appaz und machte das Ausstellfenster zu.

7

Gegen sechs kamen sie nach Lacanau. So recht glaubte keiner von ihnen daran, dass sie an der Tankstelle wirklich Andi und Corner treffen würden. Sie standen einen Moment mit laufendem Motor unter der großflächigen Esso-Reklame mit dem Tigerkopf, bis der Tankwart aus seinem Kabuff kam und irgendetwas sagte, das sie nicht verstanden.

»Ist doch sowieso Quatsch«, sagte Ratte, »wir können auch gleich auf den Camping fahren, statt hier rumzustehen.«

»Aber wir haben uns hier mit ihnen verabredet«, wandte Lepcke ein, »um sechs. Heute.«

»Na und, siehst du irgendwo wen, der so aussieht, wie Andi oder Corner? – Sag ich doch.«

Appaz legte den Gang ein und ließ die Kupplung kommen. Am Kreisverkehr neben dem Marktplatz waren fünf verschiedene Campingplätze ausgeschildert.

»Scheiße«, sagte Kerschkamp, »und jetzt?«

Appaz bog wieder auf die Straße zur Tankstelle ein. Schon von weitem sahen sie Andi und Corner auf dem Seitenstreifen entlangschlappen, Corner mit der Gitarre auf dem Rücken.

»Es ist so geil hier, Leute«, begrüßte Andi sie mit breitem Grinsen, »echt, alles voll mit Weibern, und alle ohne Typen!«

»Geil«, meinte Ratte, »los, fahren wir hin!«

»Nölle ist auch da«, erzählte Andi, während er Appaz zum richtigen Campingplatz dirigierte, »und Gremlitz mit seinem Bus, und mit Nurmi und Wolle, echt, die halbe Schule ist da, und morgen oder so soll auch noch Heinzi kommen, mit noch ein paar. Heinzi hat sich einen Transit gekauft, hat Nölle erzählt, und die wollen dann noch weiter bis Portugal.«

»Wolle ist ein Arschloch«, meinte Kerschkamp, »und Gremlitz und die anderen genauso.«

»Stimmt schon«, nickte Andi, »aber ist doch egal jetzt, Mann, sie haben ihr Zelt sowieso weiter weg. Bei uns ist nur noch Nölle. Und Nölle ist echt in Ordnung.«

Corner improvisierte einen Blues auf seiner Gitarre, Kerschkamp trommelte erst auf seinen Knien und dann in einem schnellen Wirbel über das Armaturenbrett, um gleich darauf unvermittelt zu wiederholen: »Aber es stimmt doch, sind doch wirklich Arschlöcher. Du warst doch mit ihnen befreundet, du musst es doch am besten wissen!«

Er blickte Appaz an.

Appaz nickte. Bis zur elften Klasse waren sie tatsächlich befreundet gewesen. Aber dann war Appaz sitzen geblieben, und vor allem Gremlitz und Wolle hatten ihm deutlich zu verstehen gegeben, dass er nicht mehr dazugehörte. Sie hatten sich zwar noch ab und zu bei Tchibo getroffen, in irgendwelchen Freistunden, aber außer ein paar belanglosen Sätzen war von ihrer Freundschaft nichts mehr übrig geblieben. Und Kerschkamp und die anderen hatten sie von Anfang an behandelt, als wäre es unter ihrer Würde, sich überhaupt mit ihnen einzulassen.

»Mann, ist doch echt egal«, blökte Ratte von hinten, »ich bin doch nicht wegen Gremlitz und Wolle hier, sondern um ein paar Weiber aufzureißen. Das Jahr der Frau, Leute, der Rest ist doch egal!«

Der Campingplatz war hoffnungslos überfüllt. An der Zufahrtstraße parkten mehrere Autos, mit den Zelten gleich daneben auf dem schmalen Sandstreifen zum Wald hin.

»Die warten darauf, dass ein Platz frei wird«, erklärte Andi, »aber bei uns ist noch was frei, da könnt ihr hin ... Ist ein toller Platz«, setzte er dann hinzu, »nur Zelte, aber dafür direkt bis in die Dünen.«

Sie parkten den VW-Bus neben Gremlitz' Bus, auf den Appaz immer schon ein bisschen neidisch gewesen war. Das gleiche Baujahr wie ihrer, aber deutlich besser gepflegt und mit Ami-Stoßstangen, und das Reserverad in einer Halterung vorne zwischen den Scheinwerfern angebracht, was richtig gut aussah, wie Appaz fand. Außerdem hatte Gremlitz' Bus ein Michelin-Männchen vorne auf dem Dach, wie bei einem Fernlaster.

Die Stelle, wo Andi und Corner ihr Zelt aufgebaut hatten, war an der äußersten Grenze des Campingplatzes, nur durch einen windschiefen Zaun vom Dünengelände getrennt.

Sie mussten ein paar Spannleinen von Lepckes Zelt durch den Zaun hindurchführen, weil der Platz nicht reichte.

Direkt neben ihnen stand ein blaues Tramperzelt, aus dem plötzlich rhythmisches Stöhnen drang.

»Hä?«, machte Ratte und beugte sich vor.

»Die haben sich gestern Abend mit hergestellt, weil sonst nirgends mehr was frei war«, grinste Andi, »ein Typ und seine Tussi, beide vom Bodensee, und sie ficken echt die ganze Zeit.«

Das Stöhnen wurde heftiger.

»Und, sieht sie gut aus?«, fragte Ratte interessiert.

»Ziemlich«, meinte Andi.

»He, Leute«, sagte Lepcke, ohne einen von ihnen anzublicken, »ist das okay, wenn ich im Bus penne? Ich fühl mich irgendwie nicht so.«

»Klar«, nickte Ratte abwesend, ganz auf das Tramperzelt konzentriert.

Auch Appaz nickte.

Lepcke zog ab.

Sie setzten sich im Kreis zwischen die Zelte. Corner spielte auf der Gitarre vor sich hin, Andi kramte eine Tüte Gras aus seinem Schlafsack und fing an, einen Joint zu bauen.

Er hielt eine Packung Tabak hoch.

»Evergreen«, sagte er, »Mentholtabak. Habe ich gestern von zwei Holländerinnen gekriegt, kommt gut, das Zeug.«

Das Stöhnen wurde kurz lauter und brach dann unvermittelt ab. Der Reißverschluss des Tramperzeltes wurde aufgezogen. Eine Frau mit langen, blonden Haaren fragte: »Habt ihr was zu rauchen da? Echt? Und ihr sagt nichts? Ich bin gleich so weit!«

Der Kopf verschwand.

»Und die machen es echt die ganze Zeit?«, fragte Kerschkamp leise.

»Siehst du doch«, grinste Ratte, »geile Alte.«

Die Blonde kroch aus dem Zelt.

»Ich bin Beate, und ihr?«

Appaz und die anderen sagten ihre Namen.

Beate hatte nur ein langes T-Shirt an. Als sie sich mit überschlagenen Beinen zu ihnen setzte, kriegte Ratte Stielaugen.

Beate nickte mit dem Kopf zu ihrem Zelt.

»Jean-Luc will noch ein bisschen schlafen, er ist echt fertig, wegen der Hitze und so.«

Sie kicherte.

»Klar, logisch«, sagte Kerschkamp.

Andi hielt Beate den Joint hin.

»Und was ist mit essen?«, fragte Beate nach einer Weile. »Ich hab echt Kohldampf irgendwie.«

»Nölle wollte kochen heute«, sagte Andi. »Aber ich glaube, er ist noch am Strand. Wir können ja schon mal anfangen.«

Sie einigten sich auf Spaghetti mit Tomatensauce.

Appaz nahm einen Kochtopf und machte sich auf den Weg zum Klo, um Wasser zu holen.

An der Wand neben den Kabinen lehnte Nurmi. Er war käsebleich, eine verschwitzte Haarsträhne hing ihm ins Gesicht.

»He, hab schon gehört, dass ihr da seid«, sagte Appaz. »Wie geht's?«

»Scheiße«, sagte Nurmi, »Brechdurchfall. Ich komme überhaupt nicht mehr runter von den Scheißklos.«

»Hast du irgendwas gegessen oder was?«

Nurmi zuckte mit der Schulter.

»Ich glaub, ich muss zum Arzt. Oder ins Krankenhaus.«

»Wenn ich mit soll, sag Bescheid«, bot Appaz an.

Appaz und Nurmi waren nie wirklich Freunde gewesen, eher hatten sie sich immer mit einer Art von gegenseitigem Respekt behandelt. In der fünften und sechsten Klasse hatten sie sich noch abwechselnd den Rang des Klassenbesten streitig gemacht, dann war es Nurmi gewesen, der den Platz allein einnahm, während Appaz langsam, aber sicher in den Noten nach unten rutschte, erst in Latein und Mathe, später dann auch in den anderen Fächern. Nurmi machte jetzt Zivildienst, in irgendeinem Heim für geistig Behinderte, und sie sahen sich nur alle paar Wochen eher zufällig. Aber irgendetwas war zwischen ihnen geblieben, eine Art von Vertrautheit, die Nurmi jetzt auch mit leichtem Galgenhumor sagen ließ: »Ich hab mich schon zweimal eingeschissen, echt widerlich. Aber die Stehklos sind gut dafür …«

Um gleich darauf zitternd in der nächsten Kabine zu verschwinden.

»Sag Bescheid, wenn ich dir irgendwie helfen kann«, sagte Appaz nochmal, während bestialischer Gestank durch die Türen drang, »wir sind ganz hinten bei Nölle, wo der Zaun zu den Dünen ist …«

Als Nurmi keine Antwort gab, füllte Appaz den Kochtopf mit Wasser. Er zögerte kurz vor der Tür, hinter der Nurmi gequält stöhnte, dann ging er zurück über den Campingplatz.

Nölle begrüßte ihn mit einem Nicken, während er den Gaskocher aufbaute. Gremlitz und Wolle lehnten am Zaun, sie hatten eine Flasche Rotwein dabei, aus der sie abwechselnd tranken.

»Ich hab gerade Nurmi getroffen, bei den Klos«, sagte Appaz, »es geht ihm schlecht …«

»Er hat die Scheißerei«, bestätigte Gremlitz, nahm einen langen Schluck und wischte sich mit dem Handrücken über den Mund. »Hoffentlich steckt er uns nicht an.«

Wolle lachte dümmlich vor sich hin.

»Hat er irgendwelche Tabletten oder so?«, fragte Appaz. »Ich hab sonst was, müsst ihr nur sagen. Aber ich glaube, ihr solltet vielleicht doch besser mit ihm zum Arzt …«

Gremlitz zuckte mit der Schulter.

»Muss er selber wissen, ist ja alt genug.«

»Ich such was raus und komm nachher nochmal zu euch«, sagte Appaz.

Gremlitz stieß sich vom Zaun ab und ging wortlos weg.

»Man sieht sich«, kicherte Wolle und folgte ihm.

»Arschlöcher«, sagte Kerschkamp.

»Was kümmerst du dich überhaupt um die?«, fragte Ratte. »Ist doch Quatsch, geht dich doch gar nichts an.«

Nölle drückte die Spaghetti in das kochende Wasser.

Beate hackte Zwiebeln und Knoblauch für die Tomatensoße. Ratte starrte gebannt auf ihre freischwingenden Brüste unter dem T-Shirt.

»Ich geh Lepcke holen«, sagte Kerschkamp.

Während sie auf dem Boden hockten und Spaghetti auf ihre Gabeln wickelten, fragte Andi eher nebenbei, was denn eigentlich aus dem Ami geworden sei.

Kerschkamp schmückte die Geschichte ein bisschen aus, vor allem ihre morgendliche Flucht vom Flughafengelände, und Beate erzählte dann eine lange Geschichte von einem Freund, der sich von einem Hochhaus gestürzt hatte.

»Die meisten bringen sich beim Bund um«, sagte Nölle.

»Deshalb gehen wir ja auch nicht hin«, erklärte Kerschkamp.

»Ihr verweigert alle?«, fragte Beate.

Sie nickten.

»Die Verhandlungen sind Scheiße«, sagte Kerschkamp. »Frag Kurt, der ist durch die erste schon durchgefallen.«

Appaz machte vor, wie der Vorsitzende aufgesprungen war und mit der Deutschlandfahne hinter sich die Arme zum Kreuz ausgebreitet hatte.

»Und dabei hat er völlig verzweifelt geschrien: ›Aber lieben Sie denn Ihr Vaterland nicht?!‹«

»Kriegst du noch diesen Satz zusammen?«, fragte Kerschkamp. »Aus dem Buch da, meine ich …«

»Taschenbuch für Wehrausbildung«, sagte Appaz.

»Wer zuerst schießt und besser trifft, bleibt Sieger«, warf Ratte ein.

»Nein, den meine ich nicht«, sagte Kerschkamp.

»Schon klar.« Appaz nickte. »Ab 1,20 Meter Wassertiefe beginnt der Soldat selbsttätig mit rudernden Armbewegungen. Dazu bedarf es keiner besonderen Aufforderung durch einen Vorgesetzten …«

»Ist das durchgeknallt?«, fragte Kerschkamp.

»Bescheuert«, bestätigte Beate und legte Appaz die Hand aufs Knie. »Jean-Luc ist untauglich«, vertraute sie ihnen an. »Er muss nicht hin.«

Jean-Luc grinste sie an und hielt den Daumen hoch.

»Die Scheiße ist ja nur, dass wir doch was machen müssen, im Kriegsfall, meine ich«, sagte Ratte. »Munitionsfabriken und so, da kommen wir dann nämlich hin.«

»Die Ausbildung in der Bundeswehr ist Erziehung zu Aggression und Brutalität«, zitierte Lepcke einen Handzettel, den sie in der Beratungsstelle für Kriegsdienstverweigerer erhalten hatten.

»Eine Erziehung zur Missachtung des Menschenlebens und der Menschenwürde«, brachte Appaz das Zitat zu Ende.

»Genauso ist es«, sagte Kerschkamp.

»Eigentlich müsste man deshalb gerade hin«, sagte Ratte, »also auch nicht verweigern oder so, sondern die ganze Scheiße von innen lahmlegen.«

»So wie dein Bruder oder was?«, meinte Kerschkamp.

Woraufhin sie Beate von Rattes Bruder erzählten. Und dann von ihrer Band. Pain in the Ass.

»Guter Name«, meinte Beate. »Spielt doch mal was! Was macht ihr denn so für Musik?«

Aber Appaz wollte erst ans Meer.

»Ich komme mit«, erklärte Kerschkamp und verschwand im Zelt, um sich einen Pullover zu holen.

Andi blickte auf die Uhr.

»Ich bin dann mit Nölle nochmal eben bei den Holländerinnen von gestern«, sagte er. »Wir können uns ja nachher oben in der Disco treffen. Da ist irgendeine Fete oder so.«

»Geil«, sagte Ratte.

Corner griff nach seiner Gitarre und fing an zu spielen.

»Suzanne takes you down to her place near the river …«, sang Beate leise, während sie sich an Rattes Schulter lehnte, »and she feeds you tea and oranges, that come all the way from China, and just when you want to ask her, if she wants to travel with you …«

Lepcke sammelte das schmutzige Geschirr ein und ging zum Abwaschen.

Auf dem Holzbohlenweg zum Strand fragte Kerschkamp: »Was glaubst du, wie alt die sind? Beate und der Typ da, meine ich?«

»Bisschen älter als wir«, meinte Appaz.

»So habe ich mir das immer vorgestellt, mit Tanja damals, weißt du? Einfach so durch Europa trampen, irgendwo bleiben, wo es gerade gut ist, und dann wieder weiter. Und Leute kennenlernen. Ist doch egal, wo einer herkommt, Hauptsache, er ist kein Arsch, kein Spießer oder so. Und gute Leute gibt es überall! Echt, stell dir mal vor, alle guten Leute würden sich zusammentun, dann könntest du wirklich was verändern! – Muss jedenfalls geil sein, einfach so durch die Gegend zu trampen.«

»Ob Jean-Luc das gerade so geil findet, weiß ich nicht …«

»Stimmt, komischer Typ. Aber Beate ist doch echt klasse.«

Erst jetzt bemerkte Appaz, dass Kerschkamp den

Pullover anhatte, den ihm Tanja gestrickt hatte. Mit breiten rotweißen Streifen und so eng, dass Kerschkamp die Schultern hochziehen musste, um überhaupt reinzupassen.

Ein paar Kinder rannten schreiend durch die Dünen und jagten Maikäfer.

Appaz hatte seit Jahren keine Maikäfer mehr gesehen.

Kerschkamp schlug mit der ausgestreckten Hand zu. Ein Maikäfer stürzte hilflos torkelnd zu Boden, wo er auf dem Rücken liegen blieb.

»He, wollen wir welche sammeln? In einer Kiste, mit Löchern und so! Wir nehmen einfach so eine von den großen Streichholzschachteln …«

»Und dann?«

»Ich schicke eine nach Hause an meine Alten, was meinst du, wie meine Mutter anfängt zu kreischen! Mann, das ist echt eine irre Idee, das mache ich. Ich hol schnell eine Schachtel! Beate hatte vorhin so eine …«

Kerschkamp lief los.

Appaz überlegte einen Moment, ob Anette eigentlich schon nach Spanien unterwegs war. Oder ob es noch reichen würde, wenn er ihr morgen eine Streichholzschachtel mit Maikäfern schickte. Dann fand er die Idee bescheuert und stieg die Dünen hinauf.

Die Schaumkronen leuchteten weiß in der Brandung, weit weg am Strand flackerte ein Lagerfeuer.

Als Appaz zum Campingplatz zurückkam, setzte langsam die Dämmerung ein. Corner spielte *Sklavenhändler*. Ratte sang laut und falsch mit: »Sklavenhändler, hast du Arbeit für mich …«

Kerschkamp und Beate hatten die Köpfe zusammengesteckt und beobachteten die krabbelnden Maikäfer, die Kerschkamp tatsächlich in einer Streichholzschachtel gesammelt hatte und die er jetzt mit irgendwelchen Blättern fütterte.

Andi und Nölle kamen mit zwei Holländerinnen im Schlepptau, um sie zur Disco abzuholen.

Ratte suchte sich ein frisches T-Shirt aus seinen Klamotten, olivgrün mit weißen Flecken, wo sich das Waschpulver nicht ganz verteilt hatte. Beate erklärte, dass sie mit Jean-Luc vielleicht nachkommen werde, aber sie wollte erst noch duschen. »Komm«, sagte sie und streckte Jean-Luc die Hand hin, »zu zweit macht es mehr Spaß.«

»O Mann«, stöhnte Ratte und boxte Appaz anzüglich grinsend in die Seite.

Die Holländerinnen kicherten.

Corner schleppte wieder seine Gitarre mit.

Die Disco war vor allem von Familien besucht, kleine Mädchen tanzten mit Vätern in kurzen Hosen, ein paar Jungen spielten quer über die Tanzfläche kreischend Fangen, die Mütter drängten sich mit Sangria-Gläsern im hinteren Teil des Raums, möglichst weit weg von den Lautsprechern, aus denen Uriah Heep dröhnte: »She came to me one morning, one lonely sunday morning …«

Appaz und seine Freunde fielen zwangsläufig auf, als sie über die Tanzfläche auf die Theke zusteuerten. Aus den Augenwinkeln entdeckte Appaz zwei Mädchen in ihrem Alter, die ihnen hinterher starrten.

Sie bestellten Bier, das in kleinen Flaschen serviert wurde und wässrig schmeckte. Die Jugendlichen an der Theke waren zwei, drei Jahre jünger als sie und schienen durchweg aus Holland zu kommen. Nach der Limonade in ihren Gläsern zu urteilen, standen sie unter strenger Beobachtung ihrer anwesenden Eltern. Sie machten bereitwillig Platz für Appaz und die anderen.

Child in Time. Deep Purple. Andi und Nölle wurden von ihren Holländerinnen auf die Tanzfläche gezogen. Andi stand mit hängenden Armen und wackelte mit dem Kopf, dass seine Haare flogen. Corner zuckte die Achseln und verzog sich mit seiner Bierflasche und der Gitarre auf einen freien Stuhl an der Wand.

Die beiden Mädchen beobachteten jetzt Nölle, der in wilden Sprüngen um Andi herum tanzte.

Appaz schob sich wie zufällig in ihre Richtung. Ratte und Kerschkamp blieben dicht hinter ihm. Die eine der beiden hatte eine kurze Jeansjacke an und ein besticktes Hemd, das irgendwie indisch aussah.

Als Ritchie Blackmore zu seinem Solo ansetzte, beugte sich Appaz vor: »Hast du mal 'ne Fluppe?«

Sie starrte ihn verständnislos an. Ihre Freundin kicherte.

Appaz wiederholte seine Frage und machte gleichzeitig mit der Hand eine Bewegung, als würde er rauchen.

Sie hielt ihm eine Zigarettenschachtel hin.

»Wollt ihr was trinken?«, brüllte Ratte über die Musik hinweg.

Beide schüttelten den Kopf.

»Wie heißt du?«, fragte Appaz die mit der Jeansjacke.

»Und ihr?«, fragte sie zurück, wobei Appaz sich nicht sicher war, ob es an der Musik lag oder ob ihre Aussprache wirklich fremd klang, als käme sie nicht aus Deutschland.

Ratte übernahm es, sie vorzustellen. Die mit der Jeansjacke hieß Maike.

»Wir machen Ferien hier«, erklärte Ratte, »und ihr?«

Die beiden zuckten mit der Schulter.

»We are dutch«, brüllte Maike in Appaz' Ohr, »we don't speak so much German ...«

Kerschkamp ging, um neues Bier zu holen.

Der Discjockey legte Jimi Hendrix auf, *Hey Joe*.

Ratte zog Maikes Freundin auf die Tanzfläche.

Kerschkamp kam mit dem Bier zurück. Jetzt nahm auch Maike eine Flasche.

»Do you like Jimi Hendrix?«, fragte sie.

Appaz nickte. »And you?«

»No. Not at all.«

»We have a band«, brüllte Kerschkamp ihr zu, »Kurt sings and Ratte plays guitar, but not very good, the other guitar player is he!«

Kerschkamp zeigte zu Lepcke, der neben Corner stand und mit der Flasche in der Hand vor sich auf den Boden starrte.

Maike lachte.

»I like Frank Zappa, *Freak out*, you know?«, machte Kerschkamp weiter.

»Oh, Frank Zappa ... Frank Zappa is very good.«

»Freak out«, brüllte Kerschkamp nochmal, »trouble everyday!«

Unvermittelt brach die Musik ab, und das Saallicht wurde eingeschaltet.

Maike blickte auf die Uhr.

»Midnight«, sagte sie. »It's over, we have to go to bed.«

Ihre Freundin kam und hakte sich bei ihr unter.

»He, und was machen wir jetzt?«

Ratte blickte irritiert auf den allgemeinen Aufbruch um sie herum.

Ein Mann mit einem kleinen Mädchen auf der Schulter winkte zu Maike herüber. Die Frau neben ihm musterte Appaz und seine Freunde misstrauisch.

»My parents«, erklärte Maike. »We have to go.«

Appaz ging neben ihr her zum Ausgang.

»We will have a bonfire at the beach tomorrow night«, sagte Maike, »if you want to come …?«

»I will come«, sagte Appaz.

Sie standen in der Dunkelheit vor der Disco. Maikes Freundin war schon ein paar Meter weiter.

»Good night«, sagte Maike.

»Good night«, sagte Appaz und beugte sich vor, um ihr einen Kuss zu geben.

Maike drehte schnell den Kopf weg und klatschte ihm mit der flachen Hand ins Gesicht. Dann lief sie hinter ihrer Freundin her.

»Hä, was war das denn? Hat die dir eben eine gescheuert oder was?« Ratte tippte sich an die Stirn. »Was sind das denn für Pflaumen, echt?!«

»War wohl nichts, was?«, fragte Lepcke und grinste Appaz gehässig an.

Als sie zu den Zelten zurückkamen, saßen Beate und Jean-Luc vor einer Kerze. Beate schwankte mit dem Oberkörper leicht hin und her.

»Wir hatten keine Lust mehr«, sagte sie, »wir haben lieber was geraucht.«

»Scheiß-Disco«, sagte Ratte, »ich rauch jetzt auch was.«

Er zeigte die Platte, die er von den Zigeunern gekauft hatte. Beate zog ein handgeschnitztes Shillum hervor, das sie an einem Lederriemen unter dem T-Shirt hatte.

Corner klimperte ein bisschen auf seiner Gitarre. Je öfter das Shillum die Runde machte, umso länger wurden die Pausen zwischen den Läufen, bis er nur noch einzelne Töne anschlug, denen er ergriffen nachlauschte.

»Ich hol die Bongos aus dem Bus«, erklärte Kerschkamp und stand schwankend auf, um sich an Corner vorbeizutasten. Er blieb mit dem Fuß an einer Zeltschnur hängen und setzte sich wieder hin, ohne irgendwas zu sagen, mit einem dümmlichen Grinsen im Gesicht.

»Das Zeug ist echt gut«, erklärte Ratte zufrieden.

Andi und Nölle lagen auf dem Boden und knutschten mit den Holländerinnen. Appaz versuchte zu erkennen, welche Beine zu Andi und welche zu Nölle gehörten. Nach einer Weile gab er auf.

Beate hielt ihm das Shillum hin. »Nur noch Sud. Willst du trotzdem nochmal?«

Appaz zog. Der Sud schmeckte widerlich. Appaz spürte einen Druck vom Magen die Speiseröhre hinauf, den er auch mit krampfhaftem Schlucken nicht wegbekam. Außerdem hatte er das Gefühl, sich dringend bewegen zu müssen.

Mühsam kam er hoch. Er versuchte, sich möglichst nichts anmerken zu lassen, stieg über irgendwelche Beine hinweg und tastete sich in der Dunkelheit zwischen Zeltschnüren und Zelten vorbei bis zu dem Holzbohlenweg. Irgendjemand rief etwas hinter ihm her, aber er konnte sich auf nichts anderes konzentrieren als auf den jeweils nächsten Schritt. Er wollte weg von den anderen, falls ihm schlecht wurde.

Der Sand der Dünen leuchtete fahl. Appaz hatte Mühe, sich auf dem Weg zu halten, gegen seinen Willen torkelte er von links nach rechts, stolperte und fand sich auf den Knien im Sand hockend wieder. Er wusste nicht, ob das Rauschen in seinen Ohren von der Brandung kam oder sein eigener Blutkreislauf war, ihm war schwindlig und schlecht. Er ließ sich rücklings in den Sand fallen. Der Himmel war klar, unzählige Sterne flimmerten in dem tiefen Schwarz über ihm. Er machte die Augen zu. Ich muss mich bewegen, dachte er, der Sand ist zu kalt, ich kann hier nicht liegen bleiben. Er quälte sich auf die Knie und kroch ein Stück vorwärts, ohne Ziel.

Ein Pärchen kam auf dem Weg vorbei.

»Was ist denn mit dem los?«

»Der kotzt, siehst du doch.«

Appaz mühte sich aufzustehen. Es ging nicht. Er kam sich so hilflos vor, dass er am liebsten geheult hätte. Der stechende Druck in seinem Zwerchfell wurde schlimmer. Appaz hatte Angst.

8

Er wachte auf, als er jemand seinen Namen flüstern hörte. Kerschkamp lag mit offenem Mund neben ihm und schnarchte.

»Kurt«, flüsterte Beate wieder, »nun komm schon, wach auf!«

Sie hockte im Zelteingang und kitzelte ihn am Fuß.

»Was ist?«, fragte Appaz und rieb seine pelzige Zunge an den Zähnen, um irgendein Gefühl in den Mund zu kriegen.

»Wir fahren zum Markt und holen was zum Frühstück für alle, komm!«

Ratte lag mit seinem Schlafsack vor dem Zelt auf dem Boden, den Kopf unbequem nach hinten gedreht.

»Mann, wart ihr breit gestern«, kicherte Beate.

Sie trug einen langen Batikrock und ein weißes Hemd ohne Ärmel. Ihre Haare waren nass. Entweder war sie schon im Meer gewesen oder hatte gerade wieder geduscht.

Appaz streckte sich. Außer einer leichten Benommenheit fühlte er sich nicht schlecht. Wie er allerdings ins Zelt zurückgekommen war, war ihm schleierhaft.

Beate wartete vor den Klos auf ihn, bis er Zähne geputzt und gepinkelt hatte.

Erst als er die Fahrertür aufschloss, fiel ihm ein, dass ja Lepcke im Bus schlief. Appaz kletterte nach hinten und fasste Lepcke vorsichtig an der Schulter. »He! Wir wollen zum Markt!«

»Jetzt?«

Lepcke starrte ihn mit verquollenen Augen an.

»Jetzt«, nickte Appaz. »Du kannst dich ja solange ins Zelt legen, wenn du willst.«

»Arschloch.«

Lepcke zerrte den Schlafsack hinter sich her und drückte die Flügeltür auf. Ohne ein Wort schlappte er an Beate vorbei in Richtung Zeltplatz.

»Ihr seid ein paar scharfe Typen, echt«, sagte Beate, als sie auf die Straße nach Lacanau einbogen.

Appaz drückte eine Kassette in den Recorder. The Kinks. *Supersonic Rocket Ship*. We'll take this planet, shake it round, and turn it upside down …

»Was ist das denn?«, frage Beate.

»Einfach gute Musik«, sagte Appaz.

Beate lächelte spöttisch und fuhr mit der Hand über sein Knie.

»Wenn wir gleich da sind, müssen wir unbedingt Chaumes kaufen«, sagte sie, »echt, für Chaumes zum Frühstück würde ich alles machen.«

Auf dem Marktplatz fasste sie nach seiner Hand. Appaz ließ sich wie willenlos durch das morgendliche Gedränge aus Touristen, Einheimischen und Händlern ziehen, irgendwie war er immer noch nicht so ganz da.

Beate steuerte einen Käsestand an. Das Stück Chaumes, das sie kaufte, kam Appaz viel zu groß vor. Und kostete fast das ganze Geld, das er dabeihatte. Der Rest reichte gerade noch für zwei Baguettes und ein paar Tomaten.

Im Vorbeigehen griff Beate an irgendeinem Klamottenstand nach einer geflochtenen Strandtasche, die sie prüfend hochhielt, als wäre sie sich nicht sicher, ob sie sie kaufen sollte. Als die Frau am Stand einen anderen Kunden bediente, schob Beate die beiden Baguettes in die Tasche und zog Appaz weiter.

»Nun komm schon«, kicherte sie, als sie sein Gesicht sah, »hast du noch nie was geklaut, oder was?«

Appaz hatte wieder das Gefühl, nicht ganz durchzublicken.

Als sie zurück am Bus waren, stellte Beate die Tasche auf den Rücksitz. Für einen Moment stand sie nach vorne gebeugt genau vor Appaz. Der Batikrock spannte sich über ihrem Hintern. Ohne ihre Haltung zu verändern, blickte sie über die Schulter zu Appaz und sagte leise: »Du bist ziemlich hübsch, weißt du das eigentlich? Irgendwie genau der Typ, in den sich immer alle Mädchen gleich verlieben, oder?«

»Ich … ich weiß nicht«, stammelte Appaz.

»Doch, das weißt du!«

Sie drehte sich um, schob ihre Hand unter sein T-Shirt und ließ sie über seinen Hüftknochen wandern.

Appaz war sich nicht mehr sicher, ob er wirklich direkt neben einem Marktplatz stand, irgendwo mitten in Frankreich, morgens um kurz vor elf, aber Beates Hand war eindeutig da und genauso eindeutig hatte er einen steifen Schwanz.

Er beugte sich vor, um sie zu küssen. Aber sie hielt ihre Lippen fest aufeinandergedrückt.

»Komm schon«, sagte Appaz, »was ist?«

»Ich habe es dir eben gesagt, genau deshalb. Außerdem schmeckst du nach Zahnpasta!«

Sie schob ihn ein Stück zurück.

»Vielleicht ein anderes Mal. In einem anderen Leben!«

Sie kletterte lachend auf den Beifahrersitz.

Appaz wusste nicht, was er sagen sollte.

Als er den Motor anließ, fragte Beate: »Hast du eigentlich eine Freundin zu Hause?«

Appaz nickte.

»Und, ist sie gut?«

Beate blickte ihn unter einer Haarsträhne hervor an.

Appaz konzentrierte sich auf den Rückspiegel und ließ die Kupplung kommen.

»Ist ja auch egal«, sagte Beate.

Im selben Moment krachte der Bus rückwärts gegen die Stufen der Kirchentreppe hinter ihnen.

»Scheiße«, sagte Appaz und stieg aus.

Die Stoßstange hing auf der zweiten Treppenstufe fest, der Auspuff war nach unten gebogen.

»Tut mir leid«, sagte Beate, »das wollte ich nicht.«

Eine Familie mit einem kleinen Mädchen ging kopfschüttelnd vorbei. Appaz war sich nicht sicher, ob es vielleicht die Eltern von Maike waren.

Den größten Teil des Tages verbrachten sie am Strand.

Auch Gremlitz und die anderen waren da, sogar Nurmi, wenn auch unverändert bleich und mit dunklen Schatten unter den Augen. Corner spielte wieder Gitarre, ansonsten lagen sie einfach in der Sonne und dösten.

Irgendwann fingen Kerschkamp und Lepcke an, Frisbee zu spielen. Als Appaz nach einer Weile mitmachte, vergrößerten sich die Entfernungen, dann bildeten sie einen Kreis mit Jean-Luc und Beate. Beate hatte das Oberteil ihres Bikinis ausgezogen.

Lepcke konnte einen Wurf, an dem alle anderen scheiterten, von hinten, hinter dem Rücken hervor. Wenn Ratte warf, knallte die Scheibe unwiderruflich mit großer Wucht in den Sand.

Andi und Nölle knutschten mit ihren Holländerinnen, Andi hatte seine Hand in der Bikinihose des einen Mädchens.

Noch später liefen Kerschkamp und Appaz ein Stück am Flutsaum entlang. Appaz erzählte, wie er als Kind mit seinen Eltern immer an der Nordsee war. Kerschkamp war nie am Meer gewesen. Seine Eltern wollten immer in die Berge, zum Wandern. Appaz fand eine Muschel, kaum so groß wie sein kleiner Finger, aber spitz zulaufend, mit regelmäßigen Windungen wie ein Schneckenhaus und gelblich schimmernd. Er schob die Muschel in seine Hosentasche. Kurz darauf fand Kerschkamp fast die gleiche Muschel, allerdings war die Spitze abgebrochen. Kerschkamp steckte sie trotzdem ein.

Auf dem Rückweg fiel Kerschkamp plötzlich eine Liedzeile ein, von John Lennon, you've got to hide your love away, nach ein paar Versuchen hatten sie auch die Melodie, nur mit dem Text kamen sie nicht über die ersten Zeilen hinaus: Here I stand, head in hand, turn my face to the wall, if she's gone, I can't go on, feeling two feet small …, und dann der

Refrain, den sie beide lauthals gegen die Brandung ansangen: »Hey, you've got to hide your love away, hey, you've got to hide your love away!«

»Irgendwie ist es auch Scheiße«, sagte Kerschkamp, »wäre echt einfacher ohne Frauen. Ich meine, so wie wir, also richtige Freunde, das gibt's irgendwie nicht mit Frauen.«

Die anderen saßen inzwischen wieder am Zelt und diskutierten, was sie kochen wollten, bis sie sich darauf einigten, eine der Bundeswehrkonserven von Rattes Bruder in der Pfanne zu braten. Und Baguette dazu.

»Hört mal«, sagte Lepcke, während sie auf die wässrig-fettigen Blasen starrten, die das Corned Beef in der Pfanne warf, »Andi und Corner haben gefragt, ob wir sie vielleicht mitnehmen könnten, wenn wir weiterfahren.«

»Genau«, sagte Andi, »ich hab irgendwie keinen Bock mehr auf Trampen.«

»Und außerdem hat Corner einen Führerschein, wär doch gut, oder?«, setzte Lepcke nach.

»Von mir aus«, meinte Appaz, »klar.«

»Wo wollt ihr überhaupt noch hin?«, fragte Beate.

»Biarritz«, erklärte Kerschkamp, »und vielleicht nach Spanien rüber.«

»Habt ihr auch noch Platz für uns? Biarritz soll geil sein. Die größten Wellen, die es am ganzen Atlantik gibt.«

»Nee«, sagte Lepcke, »keine Chance. Wir sind voll. Der Bus ist sowieso nur für fünf zugelassen.«

»Warte mal, da würde ich ja schon gerne nochmal drüber reden«, mischte sich Ratte ein.

»Ich auch«, sagte Kerschkamp.

»Andi und Corner haben zuerst gefragt«, erklärte Lepcke.

»Ist doch okay, Leute«, sagte Beate, »ich hab ja nur gedacht, dass ihr vielleicht …«

»Keine Chance«, wiederholte Lepcke. Um gleich darauf zu Appaz zu blicken: »Was ist eigentlich mit dem Auspuff, der hängt so komisch, bist du irgendwo gegengefahren?«

»Eine Kirchentreppe, hab ich nicht gesehen …«

»Echt?«, fragte Kerschkamp.

Appaz guckte zu Beate.

Beate beugte sich vor, um den Inhalt der Pfanne umzurühren.

»Mein Bruder hatte mal einen NSU 1000«, sagte Ratte, »geile Karre, aber war so tiefgelegt, dass hinten keiner sitzen durfte, sonst schleifte der Auspuff auf der Straße.«

»Und was ist jetzt mit uns?«, fragte Andi, »ich meine, können wir jetzt mit oder nicht?«

»Klar«, sagte Lepcke.

»Überhaupt nicht klar«, meinte Kerschkamp. »Und wenn, muss es Kurt entscheiden.«

»Wir sind sowieso schon einer zu viel«, sagte Appaz.

»He, Leute, jetzt kommt mal wieder runter, Bea und ich trampen, wo ist das Problem?«

Jean-Luc nahm die Pfanne vom Gaskocher und verteilte das Corned Beef.

»Ihr kommt mit, ist doch klar«, sagte Lepcke zu Andi und Corner.

»Klasse«, nickte Corner.

Nach dem Essen kroch Kerschkamp ins Zelt, um den Beutel mit dem Gras zu holen.

»Scheiße«, schrie er im nächsten Moment, »die sind alle raus aus der Schachtel, guckt euch das an!«

Die Maikäfer hatten ein Stück der Schachtel weggefressen und waren ins Zelt gekrochen. Zwei hatte Kerschkamp gerade unter seinem Knie zerquetscht. Ein paar andere hatten die Hitze des Tages nicht überlebt. Angewidert sammelte Kerschkamp die Käferreste zusammen und warf sie über den Zaun.

Appaz war froh, dass er keine Käfer gesammelt hatte.

Beate und Jean-Luc erklärten, sie würden freiwillig den Abwasch machen.

Ratte ging duschen.

»Ich will nochmal zum Meer«, sagte Appaz.

»Die Holländer machen nachher ein Lagerfeuer in den Dünen«, sagte Andi, »können wir ja alle hin, wenn ihr Lust habt.«

Appaz war noch kaum auf dem Bohlenweg, da holte ihn Kerschkamp ein.

»Ich komm mit, ein paar Fotos machen.«

Sie setzten sich auf einen Bunker, der halb versandet am Strand lag, und warteten auf den Sonnenuntergang.

Kerschkamp schoss mehrere Fotos, bis er die Kamera weglegte und zu Appaz sagte: »Eigentlich auch Quatsch, der letzte Kitsch irgendwie. Wir müssen morgen mal richtige Fotos machen. Irgendwelche Details am besten. Details kommen immer gut! Die Stelle da drüben, zum Beispiel, wo das rostige Eisen den Beton verfärbt hat. Oder einfach nur die Risse im Beton, das bringt es auch schon. Aber das Licht muss stimmen.«

»Strandgut«, schlug Appaz vor. »Einfach den Müll, alles, was so angeschwemmt worden ist. Vorhin habe ich eine Plastikpuppe gesehen, ohne Arme.«

»Genau so was«, meinte Kerschkamp.

Auf dem Weg zum Lagerfeuer kam ihnen Ratte entgegen.

»He, Leute, ist das geil! Muss ich euch erzählen! Ich will gerade zum Duschen, aber die Duschen sind alle besetzt. Und dann sehe ich so eine Frau, wie die aus dem Duschraum von denen kommt, und da ist kein Mensch, also bin ich da einfach rein, gleich in die erste Kabine. Und als ich fertig bin und wieder rauskomme, steht da eine am Waschbecken und wäscht sich, so mit nackten Brüsten und allem, und ich gucke noch so, und da lächelt sie mich einfach an, das stört die gar nicht, ist das geil?!« Ratte guckte sie grinsend an. »Echt, und total schöne Titten! Aber jetzt kommt's: Vorhin treffe ich die nämlich wieder, und da habe ich sie gefragt, was sie macht heute Abend, und die geht zu so einem Lagerfeuer in den Dünen ...«

»Wir auch«, sagte Kerschkamp.

»Da gehen alle hin, fürchte ich«, meinte Appaz.

»Na und, ist doch geil! Hier, ich habe mir extra eine saubere Hose angezogen!«

Ratte zeigte seine Jeans, die noch enger saß als die, die er sonst trug.

»Heute läuft noch was, das hab ich im Urin, Leute!«

Das Lagerfeuer loderte so hoch, dass sie den Lichtschein schon von weitem sahen. Irgendjemand spielte Gitarre, ein Typ mit Vollbart hatte eine

Blockflöte dabei: »I'm going up the country, baby, don't you wanna go? I'm going to some place where I've never been before …«

Zwei Mädchen tanzten.

»Das ist sie«, sagte Ratte, »die links. Ist die geil?«

Er hockte sich im Schneidersitz vor den beiden Mädchen auf den Boden. I'm gonna leave this city, got to get away. All is fussing is fighting, man, you know I sure can't stay …

Appaz blickte sich suchend um. Maike saß etwas oberhalb der Düne. Alleine. Sie winkte ihm zu.

Appaz kniete sich neben ihr in den Sand.

»Hey!«

»And your friend?«

Maike zeigte zu Kerschkamp, der ein bisschen verloren nach einem Platz für sich suchte.

»Komm her«, rief Appaz, obwohl es ihm lieber gewesen wäre, Kerschkamp nicht dabeizuhaben.

Eine Weile starrten sie zu dritt auf das Feuer hinunter.

Dann legte Maike ihren Kopf an Appaz' Schulter.

Kerschkamp merkte, dass er störte, und stand auf, um sich zu Corner zu setzen, der mit dem anderen Gitarrenspieler und dem Typen mit der Flöte einen Blues improvisierte.

»Sorry for yesterday night«, sagte Maike dicht an Appaz' Ohr, »I didn't want to hit you.«

»No problem«, sagte Appaz und legte Maike den Arm um die Schulter.

»But you can kiss me now …«

Sie drehte ihm ihr Gesicht zu.

Appaz küsste sie.

Kurz darauf lagen sie eng umschlungen im Sand. Maike rollte sich auf ihn. Appaz fuhr mit den Händen unter ihr T-Shirt.

»Let us go a little bit away from the light«, flüsterte Maike.

Sie schoben sich zwischen das Dünengras.

Maikes Hände waren überall. Ihre langen Haare kitzelten ihn im Gesicht. Sie tastete nach dem Reißverschluss seiner Jeans.

»Quick!«

Gleichzeitig machten sie sich die Knöpfe auf und zogen die Reißverschlüsse hinunter …

Hinterher pustete ihm Maike ins Ohr.

»I'm so glad you do this in the same way as we do«, flüsterte sie. »But we can't sleep together. I've got a friend at home, his name is Piet.«

»I have a girlfriend, too«, sagte Appaz.

»That is good. Very good.«

Sie küssten sich wieder. Diesmal zog sich Maike das T-Shirt hoch, so dass Appaz ihre nackten Brüste spüren konnte.

Vom Lagerfeuer kam lautes Gegröle.

Nölle stand schwankend mit einer leeren Weinflasche da und brüllte in die Nacht. Andi und die beiden Holländerinnen waren nirgends zu sehen. Nölle warf die Flasche im hohen Bogen in die Dünen. Er trat mit dem Fuß nach einem brennenden Ast, dass die Funken aufstoben. Der Typ mit dem Vollbart versuchte, ihn vom Feuer wegzuziehen.

Dann war Kerschkamp da, der Nölle am Arm packte.

»I have to help him«, sagte Appaz und zog sich den Reißverschluss hoch.

Maike stolperte hinter ihm die Düne hinunter.

»Was ist los?«, fragte Appaz.

»Was weiß ich«, sagte Kerschkamp, »er ist betrunken.«

Nölle fing wieder an zu toben und schlug wild um sich. Allerdings war er so breit, dass er gleich darauf vornüber in den Sand kippte.

Appaz und Kerschkamp zogen ihn hoch und nahmen ihn in die Mitte.

»Bringt ihn ins Zelt«, sagte der Typ mit dem Vollbart, »aber legt ihn auf die Seite, falls er kotzen muss.«

Maike kam mit ihnen, als wäre das selbstverständlich.

Als Nölle lallend erklärte, er müsse pinkeln, hielten sie ihn dabei fest.

Kurz bevor sie auf den Campingplatz kamen, kotzte Nölle noch einen Schwall sauer riechendes Rotweingemisch in den Sand.

Im Zelt schlief er sofort ein, Appaz drehte ihm den Kopf zur Seite und legte einen Schlafsack über ihn.

Ohne noch irgendwas zu sagen, kroch auch Kerschkamp ins Zelt.

»What a pity«, flüsterte Maike, »I would like to have a tent with you, without someone else in it.«

Appaz holte eine Flasche Rotwein aus dem Karton, der hinter dem Zelt von Beate und Jean-Luc stand. Eine Kerze brachte er auch gleich noch mit.

Erst eine ganze Weile später fiel ihm ein, dass sie ja auch in den Bus gehen könnten. Irgendwie würde er es Lepcke schon erklären.

Aber Maike schüttelte den Kopf.

»We do that tomorrow. Now we only sit and talk …«

Appaz holte seinen Tabak raus.

Als es kühler wurde, legten sie sich eine Wolldecke um die Schultern. Appaz erzählte ein paar Geschichten aus der Schule. Wie sie früher die Oberstufenschüler bewundert hatten und auch unbedingt lange Haare haben wollten und ausgefranste Jeans. Und wie er neulich von einem Fünftklässler als »Scheiß-Hippie« beschimpft worden war. Wie er auf einem John-Mayall-Konzert war und ihm irgendein Typ ein Stück geschliffenes Glas vom Kronleuchter seiner Eltern geschenkt hatte, das wie ein Kaleidoskop wirkte, wenn man es ans Licht hielt.

»Scheiß-Hippie«, flüsterte Maike mit dem Mund an seinem Hals.

Appaz sagte, dass er am liebsten Filmemacher werden würde. Maike hatte noch nie einen Film von Buñuel gesehen. Aber sie kannte *200 Motels* von Zappa. Sie waren sich einig, dass es äußerst perfide von Zappa war, ausgerechnet Ringo Starr als »Larry, the dwarf« und Zappas Alter Ego in dem Film auftreten zu lassen. Aber typisch Zappa.

»You have to see *Montana Sacra*«, sagte Appaz. Und dass Jodorowski in seinen Filmen am Schluss immer ein Aufgebot von Freaks zeige, Zwerge und verkrüppelte Typen ohne Beine, die sich auf Rollbrettern fortbewegten.

Als Beate und Jean-Luc zurückkamen, brachte Appaz Maike noch zum Wohnwagen ihrer Eltern. Über den Dünen wurde es langsam hell.

Am nächsten Vormittag kam Maike mit frischen Croissants.

Ratte hatte am Strand geschlafen. Das Mädchen aus dem Duschraum hieß Susanne.

»Sie zieht vielleicht mit ihrem Zelt zu uns rüber«, sagte Ratte, »sie muss das nur noch mit ihrer Freundin klären.«

Andi war noch nicht wieder aufgetaucht.

Corner und Lepcke wollten irgendwohin fahren.

»Nach Cap Ferret«, schlug Lepcke vor.

Appaz guckte zu Maike.

»Kommst du mit?«

»I've got the whole day«, sagte Maike.

»Dann könnt ihr gleich einkaufen«, sagte Kerschkamp, »wir haben keinen Wein mehr.«

»Wieso ihr?«, fragte Appaz. »Willst du nicht mit?«

»Ich penne noch eine Runde.«

Kerschkamp kroch wieder ins Zelt.

Ratte wollte sich darum kümmern, dass das mit Susanne klarging.

Maike saß vorne auf dem Beifahrersitz.

Nachdem sie im Supermarkt gewesen waren, drängelte Beate so lange, bis Appaz sich bereit erklärte, mit offener Heckklappe zu fahren. Beate und Jean-Luc ließen die Beine über der Motorhaube baumeln. Im Rückspiegel sah Appaz, wie Beate den hinter ihnen fahrenden Autos zuwinkte.

»Wie in *Alice's Restaurant*«, rief sie gleich darauf nach vorne, »könnt ihr euch erinnern, wie Arlo Guthrie mit seinem Bus quer durch Amerika gefahren ist? Der Bus von ihm war auch rotweiß, genau wie eurer!«

»Aber er war alleine und hatte die Heckklappe

zu«, sagte Lepcke, ohne hochzublicken. »Wenn uns die Bullen packen, sind wir dran.«

Appaz war froh, als Beate keine Lust mehr hatte, und sie die Klappe zumachten und sich auf die Liegefläche legten. Als er sah, wie Beate das T-Shirt über den Kopf zog, drehte er den Rückspiegel weg.

In Cap Ferret tranken sie in irgendeinem Restaurant am Wasser Milchkaffee. Auf der anderen Seite der Bucht leuchtete die Düne von Arcachon, aber der Preis für die Überfahrt mit dem Touristenboot war ihnen zu teuer.

Beate ließ die leere Milchkaffeeschüssel in ihrer Strandtasche verschwinden.

»I want to be alone with you«, flüsterte Maike Appaz zu, »today is our last day, we go home tomorrow.«

»Oh, no«, sagte Appaz.

Sie hingen noch eine Weile am Strand rum, während Beate und Jean-Luc badeten. Lepcke schüttete kleine Sandhaufen vor sich auf. Corner hatte sich auf den Bauch gedreht und schlief.

Appaz und Maike kletterten auf die Reste eines Bunkers und sahen zu, wie die Flut näher kam, bis die ersten Wellen gegen den rissigen Beton klatschten.

»I don't like her«, sagte Maike und zeigte zu Beate, die nackt bei Lepcke und Corner stand und sich die Haare trocknete.

»She's so … aggressive.«

Appaz zuckte mit der Schulter. Dann sagte er: »Maybe you could stay a few days longer. Your parents can go home without you. You hitchhike, or we bring you, we can drive through Holland, it is on the way back.«

»I can't.«

Als sie nach Lacanau zurückkamen, stand Nölles Käfer an der Tankstelle. Nölle guckte weg, als er den Bus sah.

»Schlechte Stimmung«, begrüßte sie Kerschkamp, »Nölle ist gerade gefahren.«

»Wie?«, fragte Appaz. »Wir haben ihn eben noch an der Tankstelle gesehen.«

»Er fährt nach Hause«, erklärte Kerschkamp. »Wegen Andi, weil der jetzt mit den Holländerinnen zusammen ist.«

»Mit beiden?«

Kerschkamp nickte.

»Seit letzter Nacht. Nölle ist voll sauer.«

Corner kicherte. Dann stellte er fest, dass sein Zelt verschwunden war.

»Das hat Andi mit rübergenommen«, sagte Kerschkamp, »zu den Frauen, weil es größer ist als das von denen. Und weil Nölle seins nicht dalassen wollte.«

Corner ging los, um Andi zu suchen.

»Problems?«, fragte Maike.

Appaz schüttelte den Kopf.

»Nein, gar nicht«, sagte Lepcke. »Alles bestens!«

Kerschkamp fing an, die Weinflaschen ins Zelt zu räumen.

»Wo ist Ratte?«, fragte Appaz.

»Holt das Zelt von der Alten von gestern hierher, ist ja Platz jetzt.«

»And now?«, fragte Maike und guckte Appaz an.

Appaz zog Lepcke ein Stück zur Seite.

»Können wir heute Nacht mal tauschen? Dass ich im Bus schlafe …«

»Nee, wieso?«

»Weil wir abgemacht hatten, dass wir immer mal tauschen … komm, Alter, nur heute Nacht, okay?«

»Ich weiß genau, worum es geht, wegen der da nämlich!« Lepcke nickte mit dem Kopf zu Maike hinüber. »Aber ich finde es Scheiße, dass du das nur weißt. Wir sind nämlich hierher gefahren, weil wir zusammen Urlaub machen wollten, und nicht wegen irgendwelcher Frauen. Und außerdem finde ich es Scheiße Anette gegenüber, das hat sie nicht verdient.«

Lepcke ging zum Bus, um seine Sachen zu holen.

Dann halfen sie Ratte, das Zelt von Susanne aufzubauen. Susanne wollte den Eingang unbedingt zum Zaun hin haben.

»Damit ich morgens auf die Dünen gucken kann«, sagte sie. »Und hier spannen wir eine Leine, ja? Für die nassen Sachen, zum Aufhängen. Und außerdem müssen wir einen Graben um das Zelt machen, falls es regnet, es soll nämlich Regen geben …«

Ratte machte bereitwillig alles mit, was sie wollte. Während Susanne von zu Hause erzählte, und dass sie als Kind mit ihren Eltern immer zum Zelten auf Spiekeroog gewesen sei. Wo ihr Vater einmal eine Dusche für sie gebaut hatte, aus einem Wasserkanister, in den er erst Löcher gebohrt hatte, um ihn dann an einer Holzstange aufzuhängen.

»Eine richtige Dusche«, sagte Susanne, »das war toll!«

Als sie zum Klo verschwand, fragte Kerschkamp: »Sag mal, kann das sein, dass die ein bisschen doof ist?«

Ratte grinste.

»Ist doch egal, dumm fickt gut.«

Kerschkamp starrte einen Moment vor sich hin, als würde er über Rattes Satz nachdenken.

Sie machten einen großen Topf Ravioli. Hinterher löffelte Ratte noch alleine eine Dose weiße Bohnen in Tomatensoße leer, kalt.

»Ist gut«, sagte er, »machen sie beim Bund auch. Weiß ich von meinem Bruder, bei Geländeübungen und so. Wenn sie nichts haben, womit sie das Zeug warm machen können. Und Feuer können sie ja nicht machen, ist ja klar.«

Er furzte.

Lepcke stand genervt auf.

»Kennt ihr *Soilent green*?«, fragte Beate. »Da geht es darum, dass die Leute nur noch so eine Art Astronautennahrung kriegen, aber in Wirklichkeit wird das Zeug aus Leichen gemacht ...«

»Kenn ich«, nickte Kerschkamp, »habe ich gesehen, geiler Film!«

»Ist ja widerlich! Echt?«, sagte Susanne und verzog angewidert das Gesicht.

Ratte griff sich Corners Gitarre und fing an, das Bluesschema runterzuprügeln. Ohne jedes Gefühl für irgendeinen Rhythmus.

»Blues in A, Leute, los, macht mit!«

Als Kerschkamp die Bongos nahm, holte Appaz seine Mundharmonikas. Die D-Dur war in den oberen Tönen verstopft.

Irgendwann hielt es Corner nicht mehr aus und übernahm die Gitarre. Sie wechselten auf eine langsame Nummer in E. Corner ließ Appaz viel Zeit für ein langes Vorspiel, bei dem er versuchte, die tiefen Töne in einen rollenden Takt zu bringen, den Corner dann mühelos aufnahm.

Danach gab Appaz noch eine kurze Version von *Room to Move* zum Besten: Chick-a-chick-a-watts-umph-ba-u …

Corner ließ die Gitarre in kurzen, abgehackten Tonfolgen antworten.

»John Mayall ist so irre, echt«, sagte Beate.

»Sonny Boy Williamson ist besser«, sagte Appaz und klopfte die Spucke aus der Mundharmonika.

»Wenn wir auftreten, ist es natürlich noch geiler«, erklärte Ratte zu Susanne gewandt, »Lepcke hat einen AC 30, Mann, das müsstest du mal hören, volles Brett!«

Inzwischen war es fast dunkel, die anderen wollten wieder zu irgendeinem Lagerfeuer. Auf halbem Weg durch die Dünen zog Maike Appaz zur Seite.

»Your lips are … very smooth«, sagte sie und fuhr ihm mit dem Zeigefinger über die Lippen.

»From playing the harp«, sagte Appaz.

Eine Weile standen sie ganz still und hörten auf das an- und abschwellende Sirren der Zikaden, das jedes andere Geräusch übertönte, für Momente sogar das allgegenwärtige Rauschen der Brandung.

Appaz wollte wissen, was »die Grillen schreien« auf Holländisch hieß.

»They don't cry«, sagte Maike, »they are having fun.«

Appaz versuchte zu erklären, dass man auch vor Glück schreien könne.

»I know«, sagte Maike und noch irgendwas auf Holländisch, das Appaz nicht verstand.

Als sie in den Bus kletterten, hörten sie aus irgendeinem Zelt lautes Lachen.

Das einzige Licht kam von den Klos. Der Bus war noch aufgeheizt von der Hitze des Tages. Appaz machte das Schiebefenster ein Stück auf. Als er sich umdrehte, streifte sich Maike gerade das T-Shirt über den Kopf.

Sie drückte Appaz auf den Rücken und legte sich auf ihn. Während ihre Zunge über seine Lippen strich, schob sie ihre Hand in Appaz' Jeans.

»I wish we could do it«, flüsterte sie, »but this is only for Piet …«

Sie stöhnte unvermittelt auf und presste sich zitternd an ihn, ihre Hand immer noch auf seinem Schwanz. Sie drehte sich neben ihn und streifte sich die Jeans und den Slip von den Hüften. Dann zog sie Appaz aus und hockte sich über ihn. Ihre Brüste leuchteten hell.

»Forget Piet«, keuchte sie.

Appaz spritzte, noch bevor er ganz in ihr war.

Am Auto neben ihnen ging die Tür.

Undeutlich konnten sie zwei Gesichter auf den Vordersitzen ausmachen. Ein Pärchen. Jedes Mal wenn der Typ hinter dem Lenkrad an seiner Zigarette zog, zeichnete sich sein Profil hinter der Scheibe ab. Er warf die halb gerauchte Zigarette aus dem Fenster und kippte die Rückenlehne nach hinten. Die Frau kroch über ihn.

Maike kicherte.

»Do you really have to go tomorrow?«, flüsterte Appaz.

»Yes.«

Appaz zog ihren Kopf auf seine Brust.

»Can I have your address?«

»No, I don't want you to write me …«

Sie löste sich von ihm und suchte ihre Sachen zusammen.

Als sie angezogen waren, beugte sie sich zu ihm.

»Thank you.«

Sie stieß die Flügeltüren auf und war weg.

Appaz blieb lange in der Dunkelheit liegen, ohne sich zu bewegen. Sein Schwanz war wieder steif.

Als das Stöhnen aus dem Auto neben ihm lauter wurde, schob er das Schiebefenster zu und kroch in seinen Schlafsack.

Er dachte an Anette.

Es fing an zu regnen. Die Tropfen trommelten auf das Dach.

Irgendwo weit weg grummelte ein Gewitter.

Appaz schlief ein.

9

Am nächsten Morgen regnete es immer noch.

Kerschkamp schaufelte fluchend einen Graben um Lepckes Zelt. In der Nacht war das Wasser durch den Eingang gelaufen. Das Fußende von Lepckes Schlafsack hing in einer Pfütze, und die Luftmatratzen hatten dunkle Flecke.

Am Zaun war eine Kotzlache.

Wo aufgeschwemmte Kiefernnadeln das Wasser am Ablaufen gehindert hatten, hatte der Regen große Pfützen auf dem Boden gebildet. Das schmutzige Geschirr von gestern Abend war randvoll mit Regenwasser.

Sie hockten sich ins Zelt. Lepcke tat so, als würde er immer noch schlafen. Als Beate und Jean-Luc dazukamen, sagte Kerschkamp: »Vorsicht, kommt nicht gegen die Zeltwand, sonst läuft alles durch.«

Beate zog fröstelnd die Schultern hoch, bis Kerschkamp ihr einen seiner Pullover hinhielt.

Das Weißbrot war feucht und schmeckte wie Gummi. Kerschkamp baute den Campingkocher auf und machte Kaffee.

Ratte steckte den Kopf ins Zelt.

»He, wieso habt ihr nichts gesagt? Kameradenschweine, echt, sitzen hier und frühstücken!«

Er war offensichtlich bester Laune. Zufrieden machte er sich über eine Dose Ölsardinen her. Appaz hatte ein Sonderangebot im Supermarkt entdeckt und gleich einen ganzen Karton gekauft, als Überraschung für Ratte.

»Das wärmt, von innen«, erklärte Ratte und schlürfte die letzten Reste direkt aus der Dose.

»Bäh«, machte Beate. Sie sah schlecht aus, fand Appaz. Bleich und irgendwie alt.

»Hast du letzte Nacht bei uns neben das Zelt gekotzt?«, fragte Ratte.

Beate antwortete nicht.

»Hättest ruhig ein Stück weiter weg gehen können ...«

»Was ist überhaupt mit Susanne?«, fragte Kerschkamp.

»Pennt noch«, sagte Ratte. »Ich geh gleich wieder rüber. Wir müssen noch was fertig kriegen, wozu wir letzte Nacht nicht mehr gekommen sind.«

»Ihr nervt!«, beschwerte sich Lepcke. Er drehte sich auf die andere Seite und zog sich den Schlafsack über den Kopf.

Kerschkamp zuckte mit der Schulter.

»Echt, so ein Gewitter habe ich noch nie erlebt.«

»Das passiert manchmal am Meer«, sagte Jean-Luc, »das hängt sich dann irgendwie an der Küste fest. Das kann manchmal Stunden dauern.«

Ratte rülpste und verabschiedete sich.

Beate und Jean-Luc gingen auch. Beate wollte nach Lacanau. Am Strand entlanglaufen und sich irgendwo ins Café setzen.

Kerschkamp schob die leere Sardinenbüchse in den Regen.

»Echt, ich kapier das irgendwie nicht. Das muss die doch auch voll eklig finden, Susanne, meine ich, mit so einem Typen wie Ratte.«

Corner kam und wollte wissen, ob sie noch was zum Frühstück hätten.

Kerschkamp hielt ihm das Kaffeepulver hin.

»Wasser ist noch heiß«, sagte er.

»Ich habe gestern Nacht ein paar Typen kennengelernt«, sagte Corner. »Alles Franzosen, Zivildienstleistende oder so. Das ist hier irgendwie anders. Wenn du nicht zur Armee gehst, musst du im Wald arbeiten. Muss aber der Wahnsinn sein. Die haben so eine Hütte, nicht weit von hier. Wir sind eingeladen! Den Weg habe ich mir schon erklären lassen. Gutes Gras haben die übrigens auch, echt nette Typen.«

»Fahren wir hin?«, fragte Kerschkamp.

»Klar«, sagte Appaz.

»Ist egal, wann«, meinte Corner, »die haben gesagt, sie sind sowieso da.«

»Kommt Maike mit?«, fragte Kerschkamp.

»Fährt heute nach Hause.«

Lepcke richtete sich auf.

»Ich komme mit.«

Er kroch aus dem Schlafsack und nahm seinen Waschbeutel, um zum Klo zu gehen.

»Hast du ihre Adresse?«, fragte Kerschkamp.

Appaz schüttelte den Kopf.

»Soll ich Andi fragen, was mit ihm ist?«, wollte Corner wissen.

»Warum?«, fragte Kerschkamp. »Ist doch gut so, nur Lepcke, Kurt, du und ich, ist doch gut.«

Der Regen hatte nachgelassen. Sie spielten noch

einen Moment Frisbee zwischen den Zelten, dann fand Corner, dass sie ruhig schon los könnten.

Appaz kniete sich vor Susannes Zelt und zog den Reißverschluss ein Stück auf.

Ratte lag schnarchend auf dem Rücken. Susanne hatte ihr Bein über seine Hüfte gelegt und die Hand auf seiner Brust.

Appaz zog den Reißverschluss wieder zu.

»Ist doch gut so, nur wir vier«, wiederholte Kerschkamp.

Der Bus sprang nicht an.

Sie schoben ihn aus der Parklücke und ein Stück den Weg hinunter. Als er schneller wurde, sprang Appaz auf den Fahrersitz, schaltete die Zündung ein und ließ im zweiten Gang die Kupplung kommen.

Es ruckte, stotternd kam der Motor in Gang.

Als sie an der ersten Kreuzung abbiegen wollten, flackerte die Kontrollleuchte für den Blinker hektisch vor sich hin.

»Scheiße«, sagte Appaz.

Kerschkamp und Lepcke stiegen aus, um die Lampen zu kontrollieren. Wenn Appaz den Blinker einschaltete, blinkte das Bremslicht. Wenn er auf die Bremse trat, ging das Standlicht an.

»Kriechströme«, sagte Lepcke, »war bei dem Fiat von meinem Vater auch schon mal. Wir müssen die Kontakte sauber machen.«

Sie schraubten die Heckleuchten auf und kratzten die Kontakte mit Kerschkamps Taschenmesser blank. Dann machten sie dasselbe mit den Sicherungen. Als Appaz danach Blinker und Bremse probierte, war alles wieder in Ordnung.

Lepcke grinste.

Kerschkamp boxte ihm in die Seite.

»Klasse, Alter, muss man nur wissen.«

Ein paar Kilometer hinter Lacanau lotste Corner sie auf eine Straße, die schnurgerade mitten durch den Wald zum Meer führte.

»Hier irgendwo«, sagte er.

Sie suchten nach einem Sandweg, der irgendwo links abzweigen sollte. Als sie auf einen Wendeplatz in den Dünen kamen, drehten sie um und fuhren die Straße zurück. Langsamer diesmal. Kerschkamp hatte das Seitenfenster aufgeschoben und hielt den Kopf in den Nieselregen.

Die Scheiben waren beschlagen.

»Da, das könnte es sein«, sagte Corner und zeigte auf zwei Fahrspuren, die von der Teerstraße in den Wald führten.

Appaz guckte zweifelnd.

»Doch, das ist es, ich sehe schon das Haus!«

Appaz legte den Gang ein und gab Gas.

»Volle Pulle!«, rief Lepcke, »aber pass auf, dass du nicht in den tiefen Sand kommst!«

Nach ein paar Metern wühlte sich der Bus fest.

»Zu langsam«, meinte Kerschkamp, »du hättest mehr Stoff geben müssen.«

Appaz versuchte, den Bus durch schnelles Wechseln vom ersten in den Rückwärtsgang frei zu schaukeln. Die Hinterräder wühlten sich immer tiefer in den losen Sand.

»Das hat keinen Zweck«, sagte Kerschkamp, »wir müssen irgendwas unterlegen, Äste oder so, und dann schieben.«

Ein paar Typen kamen den Weg runter und begrüßten Corner mit Handschlag. Alle mit langen Haaren und schweren Stiefeln. Der eine hatte ein Beil am Gürtel hängen.

Sie packten links und rechts die Stoßstange. Als Appaz vorsichtig Gas gab, wuchteten sie den Bus aus der Sandkuhle.

»Let's have tea and a pipe«, sagte der mit dem Beil.

Sie folgten ihm in die Hütte, die wie ein Blockhaus gebaut war und nur aus einem einzigen Raum bestand. In der Mitte war der Herd und ein gemauerter Kamin. An den Längsseiten entlang zogen sich breite Holzbänke, die nach den Decken und Schlafsäcken darauf zu urteilen auch als Betten dienten. Am Herd war eine Frau mit hennagefärbten Haaren damit beschäftigt, das Feuer neu anzufachen.

Der mit dem Beil stellte sie einander vor, er selbst hieß Philippe. Zum Schluss deutete er auf die Frau am Herd und sagte grinsend: »Foxy Lady.«

»Hä?«, machte Kerschkamp leise. »Fuck the Lady?«

Obwohl er sich zu Appaz gebeugt hatte, hatte Philippe ihn gehört.

»Non, non«, lachte er und drohte Kerschkamp mit dem Zeigefinger.

Kerschkamp kriegte einen roten Kopf.

Die Frau am Herd drehte ihnen den Rücken zu.

Philippe schob ein paar Schlafsäcke beiseite, um Platz auf der Bank zu schaffen. Dann half er der Rothaarigen, die Teebecher zum Tisch zu bringen.

Es war fast dunkel im Raum, durch die Fenster drang diffuses Dämmerlicht. Von den Bäumen tropfte Regen aufs Dach.

Philippe zog die Vorhänge zu und zündete eine Petroleumlampe an. Er drehte den Docht so weit herunter, dass die Flamme gerade so eben nicht verlosch.

Einer der anderen langte auf den Dachbalken über ihm und förderte etwas zu Tage, das aussah wie eine Autoantenne, an die ein Fingerhut gelötet war.

»From a tourist car«, grinste Philippe und zeigte auf die Antenne, »a Mercedes Benz from Germany.«

Die anderen lachten.

Offensichtlich war Philippe der Einzige, der ein bisschen Englisch konnte. Aber es reichte, sich einfach anzugrinsen und sich zuzunicken, wenn einer die Pfeife an den nächsten weitergab.

Lepcke musste husten.

»Very good«, sagte Kerschkamp und nickte anerkennend, »and very strong. We have bought some dope from …«

»Gipsies«, half ihm Appaz. »People on the road.«

»Yes«, sagte Kerschkamp, »but it was not so good.«

»Dein Englisch ist echt Scheiße«, meinte Lepcke.

»Red doch erst mal selber was«, sagte Kerschkamp beleidigt.

Die Franzosen blickten fragend.

»Do you know Gong?«, fragte Corner und griff nach seiner Gitarre. »I am, you are, we are crazy …«

»Oh, Gong«, sagte Philippe, »yes. Pierre Moerlen! He has classical training, very good!«

»Genau«, ließ sich Kerschkamp vernehmen, »very good.«

Appaz blickte irritiert zu ihm hinüber.

Philippe stand auf, um noch mehr Holz in den Ofen zu schieben.

Das frische Harz knackte und ließ Funken aus der Herdklappe spritzen.

Corner wechselte zu *Mr Tambourine Man.*

Einer der Franzosen hatte eine schöne Stimme.

»Hey Mr Tambourine Man, play a song for me, in the jingle jangle morning I come following you …«

Philippe fing an, mit den Händen auf der Tischkante zu trommeln.

Kerschkamp wollte die Bongos aus dem Bus holen.

»Soll ich deine Harps mitbringen?«

»Ich komme mit raus«, sagte Appaz.

Als sie an die Luft kamen, war ihnen schwindlig.

»Geiles Zeug«, sagte Kerschkamp und stolperte über eine Wurzel.

Die Bäume standen wie schwarze Schatten in der Dunkelheit. Kerschkamp und Appaz hatten Mühe, den Bus zu finden.

Sie spielten ein paar Bluesnummern, dann nochmal *Tambourine Man.* Dann sackte Corner langsam zur Seite, wie in Zeitlupe. Der Franzose, der neben ihm saß, nahm ihm die Gitarre aus der Hand und schob ihm ein Kissen unter den Kopf. Vielleicht war es auch Corners Parka.

Appaz hatte deutlich Mühe, noch irgendetwas zu erkennen. Den anderen schien es ähnlich zu gehen.

»Ihr wisst, dass damit ein Dealer gemeint ist, oder?«, fragte Kerschkamp und versuchte, die Tischkante vor sich zu fixieren. »Mit *Tambourine Man,* meine ich …«

Alle nickten, auch die Franzosen.

Die Rothaarige kochte wieder Tee.

Appaz verbrannte sich die Zunge.

Philippe versuchte ihm zu erklären, was genau sie im Wald machen würden. Irgendwas mit Pinienharz, mehr kapierte Appaz nicht.

Plötzlich hatte Philippe eine Taschenlampe in der Hand und zog Appaz mit sich vor die Tür. Sie stolperten auf die nächste Kiefer zu. Philippe leuchtete über den Stamm bis zu einer Tonschale, die mit Draht befestigt war. Zwei tiefe Kerben in der Rinde mündeten genau in die Schale, die randvoll mit Harz war.

Philippe leuchtete über die anderen Stämme. Überall hingen dicke Tonschalen, obwohl Appaz hätte schwören können, dass sie vorher noch nicht da gewesen waren.

Philippe löste den Draht und drückte Appaz die volle Schale in die Hand.

»Un cadeau«, sagte er.

»Thank you«, sagte Appaz und drückte den Finger in das klebrige Harz. Als er daran riechen wollte, schmierte er sich das Gesicht voll. Der Geruch war gleichzeitig scharf und schwer und erinnerte Appaz an irgendetwas. Aber er kam nicht darauf, an was.

Er tastete sich hinter Philippe her zurück zur Hütte. An einem umgestürzten Baum bückte sich Philippe und grub mit den Fingern einen Pilz aus dem Boden, den er lange mit der Taschenlampe anleuchtete, bevor er ihn in der offenen Hand ins Haus trug und in eine Blechschachtel über dem Herd legte.

Erst jetzt entdeckte Appaz eine Schnur mit Pilzen, die zum Trocknen aufgehangen waren und bläulichweiß schimmerten. Auch ein Fliegenpilz hing dazwischen, da war sich Appaz sicher.

Er versuchte, das klebrige Harz aus seinem Gesicht zu reiben. Die Rothaarige hielt ihm ein feuchtes Handtuch hin, das nach Terpentin roch.

Lepcke lehnte Kopf an Kopf mit einem Franzosen. Beide schliefen.

Kerschkamp trommelte leise auf den Bongos vor sich hin.

»Wir müssen nach Hause«, sagte Appaz und suchte in der rechten Hosentasche nach dem Autoschlüssel, den er grundsätzlich in die linke Tasche steckte.

Die Tonschüssel vor sich haltend, kletterte er über die Türschwelle und lief in irgendeine Richtung. Hinter sich hörte er Kerschkamp irgendwas erzählen.

Fast wäre er gegen den Bus gerannt, der plötzlich genau vor ihm stand.

Philippe brachte Corners Gitarre. Dann mussten sie nochmal zurück, um Corner und Lepcke zu holen.

Die Rothaarige saß inzwischen alleine am Tisch und drehte sich eine Zigarette von Appaz' Tabak. Appaz fand es zu anstrengend zu warten, bis sie fertig war. Er ließ ihr das Päckchen.

Corner und Lepcke schwankten zum Auto, als würden sie immer noch schlafen. Appaz zog sich hinters Lenkrad und fummelte den Schlüssel ins Schloss. Als er den Motor anließ, haute Philippe zum Abschied mit der Hand gegen die Tür.

»Mach das Licht an«, sagte Kerschkamp.

Irgendwie schaffte es Appaz, den Bus zu wenden. Mit Vollgas knallte er durch die Sandspuren und auf die Teerstraße.

Kerschkamp kramte in der Kiste mit den Kassetten, wobei er unablässig vor sich hin redete.

Appaz schob das Fenster auf. Er brauchte Luft. Es hatte aufgehört zu regnen, trotzdem war die Luft so feucht, dass Appaz die Nässe auf seinem Gesicht spürte. Er hielt den Kopf dicht ans offene Fenster. Irgendein Geräusch war da, das er nicht einordnen konnte. Ein dumpfes Dröhnen.

Appaz trat die Kupplung und ließ den Bus im Leerlauf rollen.

Das Dröhnen hörte nicht auf.

»Was ist?«, fragte Kerschkamp.

Appaz lenkte an den Fahrbahnrand.

Es war, als würde der ganze Bus vibrieren. Als Appaz den Motor ausstellte, vibrierte die Straße unter ihnen. Das Dröhnen schwoll an, im nächsten Moment kam etwas wie eine schwarze Wand aus der Dunkelheit auf sie zu und kettenrasselnd an ihnen vorbei, unwillkürlich warf sich Appaz zur Seite.

»Panzer«, stammelte Kerschkamp, »he, Scheiße, Mann, das sind Panzer, echt!«

Appaz tastete mit zittrigen Fingern nach dem Schalter für das Standlicht.

Panzer auf Panzer dröhnte so dicht an ihnen vorbei, dass der Bus von der Druckwelle jedes Mal hin- und hergeworfen wurde. Der Lärm war unbeschreiblich.

Das Ende der Kolonne bildete ein Jeep, Appaz und Kerschkamp konnten undeutlich die französische Fahne erkennen, die über dem Kotflügel flatterte. Dann nahm das Dröhnen langsam ab, bis es sich irgendwo in der Ferne verlor.

Die plötzliche Stille war nicht weniger unheimlich. Kerschkamp löste seine Hand von Appaz' Arm und fummelte seinen Tabak aus der Tasche. Seine Hände zitterten so sehr, dass er den Beutel fallen ließ.

Lepckes Stimme kam von hinten, kläglich, als wäre er kurz davor zu heulen.

»Ich hab ... Panzer gesehen, Leute ...«

»Scheiß-Armee«, sagte Appaz, »die machen irgendeine Übung, am Strand wahrscheinlich ...«

»Lass uns abhauen«, sagte Kerschkamp und suchte den Tabakbeutel vor seinem Sitz.

Corner murmelte irgendwas im Schlaf.

Appaz startete den Motor und fuhr langsam an. Als Kerschkamp eine Kassette in den Recorder schieben wollte, winkte er ab.

»Keine Musik jetzt, bitte.«

»Das war gut reagiert von dir mit dem Licht, echt«, sagte Kerschkamp, »die hätten uns sonst voll plattgemacht.«

Im zweiten Gang krochen sie nach Lacanau zurück. Appaz saß weit über das Lenkrad gebeugt, einmal meinte er, das Dröhnen wieder zu hören, aber es war nur ein Lieferwagen, der sie gleich darauf hupend überholte.

Ratte saß mit Susanne vorm Zelt. Er war sauer, dass sie ihn nicht mitgenommen hatten.

Die nächsten zwei Tage hingen sie einfach nur rum.

Das Wetter quälte sich. Es war kaum Sonne, die Luft war stickig und schwül.

Appaz las Ilja Ehrenburg, *Der zweite Tag*.

»Was ist das denn?«, fragte Kerschkamp. »Noch nie gehört.«

»Sowjetunion, nach der Oktoberrevolution.«

»Und wieso liest du das?«

»Ist ganz spannend, wie sie versuchen, alles im Kollektiv zu machen und so.«

Appaz sagte nicht, dass ihn der Vorsitzende in der Kriegsdienstverhandlung nach dem Buch gefragt hatte. Appaz hatte das Buch tatsächlich zu Hause stehen gehabt, die Verwandten in der DDR schickten regelmäßig Bücher, als Ausgleich für die Pakete mit Kaffee und Kukident, die seine Mutter zu jedem Familienfest zur Post schleppte. Alles, was in der DDR verlegt wurde, viele Russen, aber auch Heinrich Mann, Hermann Kant, Erwin Strittmatter. Strittmatter hatte er auch immer gelesen, und Kants *Aula,* ohne irgendetwas zu verstehen. Von *Henri IV.* hatte er sich nur den einen Satz gemerkt, der ihm irgendwie wichtig für sich selbst erschien: »Mögen die Ersten mich ruhig als Letzten zählen, solange die Letzten mich zum Ersten wählen.« Oder so ähnlich. Irmtraud Morgner fand er richtig gut, *Die Reisen Gustav des Weltfahrers*.

Aber der Vorsitzende hatte nach Ilja Ehrenburg gefragt. Und wohl kaum damit gerechnet, dass Appaz mit dem Namen etwas anfangen konnte. Wenn dann auch seine Antwort auf die Frage, was er von Ehrenburgs *Der zweite Tag* halten würde, eher dürftig ausgefallen war.

»Spannend, gutes Buch«, hatte Appaz behauptet. Und gleichzeitig den Verdacht gehabt, dass der Vorsitzende ebenfalls nur den Titel kannte, jedenfalls war das Thema damit erledigt gewesen.

»Ein Kollektiv ist irgendwie das Einzige, was wirklich Sinn macht«, sagte Kerschkamp jetzt. »Ohne hierarchische Strukturen und so was alles, alles andere ist doch bescheuert. Befehl und Gehorsam, das ist doch nicht anders als beim Bund, nur dass es irgendein Scheiß-Chef ist, der dir sagt, was du machen sollst. Echt, wie blöd muss jemand sein, dass er das mitmacht? Nee, Alter, nicht mit mir!«

Als Appaz eine Weile später ins Zelt kam, um irgendetwas zu holen, hatte auch Kerschkamp ein Buch vor sich. *Modesty Blaise. Die tödliche Lady,* las Appaz, als er auf den Titel schielte.

»Hab ich von Ratte geliehen«, sagte Kerschkamp, »ist echt gut.«

Lepcke las Arno Schmidt. Arno Schmidt hatte irgendwas über Karl May geschrieben, wo er behauptete, dass die Landschaftsbeschreibungen voll wären von versteckten sexuellen Andeutungen. Hatte Lepcke erzählt. Appaz wusste nur, dass Arno Schmidt irgendwo in der Nähe von Hannover wohnte.

Später saßen sie zu fünft um den Campingkocher und löffelten abwechselnd Pichelsteiner Eintopf aus der Dose. Bis Lepcke sie plötzlich mit der Erkenntnis überraschte, die ihm offensichtlich gerade in diesem Moment gekommen war: »Echt,Leute«, erklärte er, »eins ist doch wohl klar: Die Familie ist die Keimzelle des Faschismus!«

»Deine vielleicht«, meinte Ratte ungerührt und nahm Lepcke die Dose aus der Hand.

Aber Lepcke ließ nicht locker.

»Die Familie schafft die hierarchischen Grundlagen«, beharrte er. »Als Kind wirst du doch direkt in eine Diktatur hineingeboren! Das läuft alles nach dem Prinzip von Anpassung und Gehorsam …«

»Kadavergehorsam«, warf Kerschkamp nickend ein. »Sag ich doch. Obrigkeitshörigkeit und so was.«

Sie diskutierten bis weit in die Nacht.

Irgendwann wechselten sie sprunghaft von einem Thema zum nächsten, aber am Schluss waren sie sich zumindest über eine Sache einig: Sie würden es besser machen als ihre Alten!

»Mann, die labern immer noch von humanistischer Bildung, ohne zu begreifen, dass die sie ja wohl genau ins Dritte Reich geführt hat«, sagte Kerschkamp.

»Eigentlich müssten sie sich alle geschlossen hinstellen und jedem verbieten, jemals wieder Soldat zu werden«, sagte Appaz. »Aber genau das tun sie nicht, im Gegenteil! Obwohl sie ständig erzählen, wie schlimm es im Krieg war.«

»Die haben immer noch Angst, dass sie morgens aufwachen und ihnen der Russe gerade in ihren Swimmingpool pisst«, sagte Corner.

»Verlogene Spießer, die nichts begriffen haben«, fasste Ratte zusammen. »Aber die letzte Schlacht gewinnen wir!«

»Unter dem Pflaster ist der Strand«, sagte Kerschkamp.

»Ich penne heute wieder im Bus, okay?«, sagte Lepcke.

Am nächsten Morgen bauten Beate und Jean-Luc ihr Zelt ab. Sie hatten jemand gefunden, der zum Mittelmeer wollte und sie mitnahm.

Als sie sich verabschiedeten, drückte sich Beate

dicht an Appaz und flüsterte: »Es gibt immer ein zweites Mal, irgendwann treffen wir uns wieder …«

Auf dem Parkplatz waren Gremlitz und Wolle dabei, die Zündkerzen von ihrem Bus auszubauen.

»Läuft nur auf zwei Pötten, die Karre, aber wir kommen an die eine Kerze nicht ran, die liegt beschissen«, erklärte Wolle und wischte sich die verschmierten Hände an der Jeans ab.

Appaz holte einen Zündkerzenschlüssel, den er von seinem Vater hatte. Eine selbstgebaute Verlängerung, mit der man auch an die dritte Kerze kam. Beim Käfermotor gab es dasselbe Problem. Appaz' Vater hatte die Verlängerung von einem Freund, der Automechaniker war.

Gremlitz, Wolle und Nurmi wollten weiter nach Spanien.

»Wenn wir wieder in Hannover sind, lass uns mal Kaffee zusammen trinken«, sagte Nurmi, als er mit seinen Klamotten vom Campingplatz kam.

»Machen wir«, sagte Appaz.

»Von mir aus können wir auch fahren«, sagte Ratte, während sie noch hinter Gremlitz' Bus herguckten.

»Und Susanne?«, fragte Appaz.

Ratte zuckte mit den Schultern. Susanne schien ihn ziemlich zu nerven.

Als sie Andi fragten, was nun wäre und ob er mitkommen würde, sagte er nur: »Ich bleibe noch. Ist gerade gut irgendwie. Aber man sieht sich.«

Die beiden Holländerinnen kicherten und küssten ihn. Die eine links, die andere rechts.

Susanne heulte ein bisschen, als sie aufbrachen. Ratte schrieb ihr einen Zettel mit seiner Adresse.

Corner kroch auf die Liegefläche. Seine Gitarre hatte er gleich als Erstes in der Hängematte verstaut.

Sie hörten The Who, *Going mobile*. Appaz und Kerschkamp sangen mit: »When I'm moving, the world's my home, going mobile, keep on moving …«

Kerschkamps Stimme kippte weg, als er versuchte, die hohen Töne zu treffen.

Die Sonne knallte von einem wolkenlosen Himmel herunter. Sie hatten alle Fenster offen.

»Mann, wenn ich was nicht abkann, dann so was«, sagte Ratte plötzlich. »Außerdem hat sie einfach immer nur so dagelegen. Ohne richtig mitzumachen. Nur Beine breit und fertig. Echt, das kann ich nicht ab.«

»Und wieso hast du ihr dann deine Adresse gegeben?«, wollte Kerschkamp wissen.

»War gar nicht meine«, sagte Ratte grinsend. »War die Anschrift von der Kaserne, wo Udo ist.«

»Du bist echt das größte Arschloch, das ich kenne«, sagte Lepcke, »das ist doch echt fies, Mann!«

»Wahnsinn«, kicherte Corner von hinten, »die Adresse von der Kaserne!«

10

Am späten Mittag waren sie in Bordeaux.

Kerschkamp machte ein paar Fotos, die Kathedrale, der Bus vor der Kathedrale, Appaz, Ratte, Lepcke und Corner vor dem Bus. Als er einen Passanten fragen wollte, ob der ein Foto von ihnen allen zusammen machen könnte, sagte Appaz: »Hör auf, es reicht.«

Sie überlegten, ob sie den Bus einfach so stehen lassen konnten, ohne dass er aufgebrochen würde.

»Mann, doch nicht genau neben der Kathedrale«, sagte Kerschkamp. »Das traut sich keiner.«

Corner nahm trotzdem seine Gitarre mit. Sicherheitshalber.

Sie schlappten durch ein paar kleine Einkaufsstraßen. Die Luft schien in der Hitze zu flimmern. Es waren kaum Leute unterwegs.

Ratte blieb vor einem Café stehen.

»Lasst uns was trinken«, schlug er vor.

»Hier?«, fragte Lepcke.

Sehr vertrauenswürdig sah der Laden tatsächlich nicht aus. An der Theke hockten zwei oder drei Typen, die sie irritiert musterten. Genauso wie der Wirt. Als würden Leute wie Appaz und die anderen nicht gerade zum Stammpublikum gehören.

Sie bestellten Bière Diabolo, Bier mit Waldmeistergeschmack. Der Wirt wartete mit dem Tablett, bis sie bezahlt hatten.

Appaz musste dringend pinkeln.

Eine schmale Stiege führte zum Klo hinauf. Unten zeigte eine rote Ampel an, dass das Klo besetzt war. Appaz wartete, bis das Licht auf grün wechselte. Ein Typ mit rasierter Glatze und bis zu den Schultern tätowierten Armen polterte die Stufen herunter.

Appaz fiel auf, dass er trotz der Hitze schwere Armeestiefel trug.

Das Klo war nichts als eine Art Balkon zum Hinterhof, mit einer halbhohen Brüstung. Die Fußrasten waren vollgekackt. Es stank nach Dünnpfiff von einem, der zu viel getrunken hatte.

Appaz pinkelte, ohne darauf zu achten, ob er das Loch traf.

Als er wieder in den Kneipenraum kam, saß der Glatzkopf mit den Armeestiefeln am Nachbartisch.

Lepcke starrte auf die Tischplatte, als wollte er vorgeben, nicht da zu sein.

»Scheißkneipe«, sagte Ratte.

Appaz ließ sich Kerschkamps Tabak geben. Während er eine Zigarette drehte, fragte er leise: »Siehst du das Plakat da drüben? Neben der Tür. Übersetz mal …«

»Légion étrangère«, las Kerschkamp leise.

»Scheiße«, sagte Ratte, »das ist eine Anwerbestelle …«

»Was?«, fragte Lepcke.

»Für die Fremdenlegion«, sagte Appaz und stand auf.

Corner hatte schon seine Gitarre in der Hand.

Sie waren froh, als sie wieder auf der Straße standen.

»Scheiße«, wiederholte Ratte.

»Glaubt ihr echt, dass die immer noch Leute besoffen machen, um sie dann nach Marokko zu verschleppen?«, fragte Kerschkamp.

»Algerien«, sagte Appaz, »die Fremdenlegion ist in Algerien.«

»Nur Verbrecher«, sagte Ratte, »Mörder und Vergewaltiger und alles. Mein Bruder kannte mal einen, der einen umgebracht hat. Der musste schnell weg, der ist dann zur Fremdenlegion. Da kriegst du neue Papiere, mit einem anderen Namen und so, aber wenn du einmal dabei bist, lassen sie dich nicht wieder gehen, das war's dann nämlich.«

Kerschkamp und Corner suchten sich eine Mauerecke hinter einem Müllcontainer, um zu pinkeln. Als sie fertig waren, musste auch Lepcke noch.

»Bordeaux ist Scheiße«, sagte Kerschkamp, »kommt, Leute, wir fahren wieder ans Meer.«

Neben dem VW-Bus standen zwei große Tramper-Rucksäcke, mit aufgeschnallten Schlafsäcken und Kochgeschirr.

»Hä?«, machte Kerschkamp.

Zwei Langhaarige, die auf den Stufen im Schatten vor der Kathedrale gesessen hatten, kamen zu ihnen rüber. Beide trugen Stirnbänder und Jeans, die vor Schmutz nur so starrten. Und beide waren barfuß.

»Fahrt ihr in Richtung Süden? Könnt ihr uns eine kleine Distanz mitnehmen?«

Das Deutsch kam ein wenig unbeholfen, aber fast akzentfrei.

»Where are you from?«, fragte Appaz.

»Luxembourg.«

»Und wo wollt ihr genau hin?«, fragte Kerschkamp. »We go to Biarritz.«

»You can drop us at Arcachon, Dune de Pilat. It's not so far away.«

»Okay«, sagte Appaz.

»Great. – I'm Marc, and my friend is Jan.«

Sie verstauten die beiden Rucksäcke vor der Sitzbank.

Corner wechselte auf den Platz zwischen Ratte und Lepcke. Marc und Jan hockten sich auf die Liegefläche.

Sie seien jetzt schon seit fast zwei Jahren unterwegs, erzählten sie, quer durch Europa. Im Winter waren sie letztes Jahr in Griechenland, dieses Jahr wüssten sie noch nicht. Vielleicht Portugal.

Wo sie das Geld dazu herbekämen, wollte Ratte wissen.

»From time to time we work«, sagte Marc.

»Or we steal what we need«, ergänzte Jan.

Corner drehte unruhig den Kopf, sodass er seine Gitarre im Augen behalten konnte.

Wie viele Sprachen sie sprechen würden, fragte Appaz.

»Four«, sagte Marc.

»Five«, korrigierte Jan.

»Four fluently.«

In der Schule hätten sie alle Fächer auf Französisch gehabt, und Englisch und Deutsch als Fremdsprachen. Außerdem Flämisch. Und Flämisch sei fast so wie Holländisch.

»And a bit Greek and Italian and Spanish«,

zählte Jan auf, »because of our travels. But we still have to go North, to learn Swedish and Danish.«

Die schlimmste Stadt, in der sie je waren, sei Frankfurt gewesen, sagte Marc. »More dangerous than Marseille or any other place.«

»Muss geil sein, so rumzufahren«, sagte Ratte.

»Ist geil«, gab Marc grinsend zurück. »And you?«

Appaz zuckte mit der Schulter.

»Sind gerade durchs Abitur gefallen«, sagte Kerschkamp, »und fahren jetzt auch so rum.«

»Wenn ihr mal nach Norddeutschland kommt, könnt ihr anrufen«, sagte Appaz. »Wenn ihr einen Platz zum Übernachten braucht.«

»Great«, nickte Marc. »We can sleep in your van then, outside the house. No trouble for you at all.«

Keiner von ihnen sagte, dass sie den Bus eigentlich gleich nach den Ferien wieder verkaufen wollten. Und dass sie auch nicht zusammen wohnten, wovon Marc selbstverständlich auszugehen schien.

Kerschkamp kritzelte seinen Namen und seine Telefonnummer auf einen Zettel. Und die Nummer von Appaz.

»Ich hoffe, ihr könnt es lesen …«

»Two numbers«, nickte Marc. »What luxury!«

Es war nicht klar, ob er es ironisch meinte.

Appaz zeigte auf die alten Villen, die sich an der Straße hinter Arcachon entlang reihten.

»Great houses.«

Als Jan sagte: »Fuck the millionaires!«, schenkte sich Appaz das »would be nice to live here«, das er gerade hinzusetzen wollte.

Sie ließen die beiden an einem Parkplatz unterhalb der großen Düne aussteigen.

»Die Düne soll die höchste Wanderdüne Europas sein«, sagte Kerschkamp leise zu Appaz. »Über fünfzig Meter …«

Er behielt die Stimme am Ende des Satzes oben, als wollte er noch etwas hinzusetzen.

Aber Appaz schüttelte schon den Kopf.

»Sind wir Touristen?«

Kerschkamp drehte sich zu Jan und Marc.

»Wo schlaft ihr heute Nacht?«, fragte er.

»Somewhere around here. The tourists will be gone soon.«

Für einen Moment war Appaz doch noch versucht zu sagen, dass sie auch bleiben würden. Aber dann tat er so, als hätten sie es sogar eilig weiterzukommen. Und ärgerte sich im selben Moment über sich selbst.

»Save journey«, sagte Marc, während er sich die Trageriemen seines Rucksacks über die Schultern schob.

»And fuck the millionaires all over the world«, rief Jan hinter ihnen her.

»Komische Typen«, sagte Lepcke, »ziemliche Angeber und so.«

»Aber mehr Hippies als wir alle zusammen«, erklärte Ratte.

»Stimmt schon«, nickte Corner.

»Trotzdem«, sagte Lepcke, »ich bin dafür, dass wir keinen mehr mitnehmen.«

Kerschkamp breitete die Straßenkarte aus.

»Lass uns mal nach Mimizan fahren, hier … Habe ich schon mal was von gehört, ist bestimmt gut.«

Der Camping Municipal war ähnlich überfüllt wie der Campingplatz in Lacanau. Wenn sie nur eine Nacht bleiben würden, könnten sie sich direkt hinter die Einfahrt stellen, sagte die Frau in der Rezeption.

Sie hatten keine Lust, richtig zu kochen. Lepcke rührte drei Tüten Tomatensuppe an. Zwei Flaschen Wein hatten sie auch noch.

»Mir ist gerade eine Melodie eingefallen«, sagte Corner und summte ein paar Töne, dann griff er nach seiner Gitarre und suchte sich die Akkorde zusammen.

»Vielleicht könnt ihr was damit anfangen, für die Band, meine ich.«

Er zeigte Lepcke die Griffe.

»Muss irre sein, wenn Gesang dazu kommt.«

Er blickte Appaz an.

»Fällt dir ein Text ein?«

Lepcke wiederholte die Akkordfolge, bis Appaz leise einstieg.

»I've got a big moving, moving up and down the country ...«

»Weiter«, nickte Lepcke.

»Speed and mist and rain in the air«, sang Appaz, lauter jetzt.

»Ist gut«, bestätigte Kerschkamp und holte die Bongos.

»I don't know where I'm going, I'm going nowhere, I'm just moving, moving into the great big nowhere ...«

»Passt nicht, die letzte Zeile«, stellte Lepcke fest. »Zu lang.«

»Sometimes people are friendly«, setzte Appaz neu an, »sometimes people are rude, sometimes the weather is fine, and sometimes the girls are nude ...«

»Ist ja geil«, sagte Ratte, »das machen wir.«

»Klingt ein bisschen wie Doors«, meinte Lepcke.

»Wir können es ja *Song for Hansi* nennen«, schlug Ratte vor, »Hansi steht auf die Doors, wisst ihr ja.«

»*Song for Hansi* ist ein Scheißtitel«, sagte Kerschkamp.

»Nun komm mal wieder runter, Mann, ist ja gut«, beschwerte sich Ratte. »Ich meine, ist doch Wahnsinn, wir sitzen hier einfach nur so zusammen, und schon haben wir einen Song! Sollten wir öfter machen. – Wisst ihr eigentlich, wie Jagger und Richards das machen? Die schließen sich immer auf dem Klo ein, wenn sie einen Song schreiben wollen, und kommen erst wieder raus, wenn sie fertig sind.«

»Die Stones sind Scheiße«, sagte Corner. »*Angie* ist ein Scheißsong, die letzte Schnulze.«

»He, warte mal!« Ratte guckte empört. »So ein Song wie *Can't You Hear me Knocking,* das musst du erst mal hinkriegen, erst das Gitarrenriff und der Gesang immer dazwischen und dann plötzlich beide zusammen, das ist echt geil!«

»Nur dass Kurt so was nie singen könnte«, warf Lepcke ein. Irgendwie klang es hämisch.

Ein paar kleine Kinder hockten sich zu ihnen. Ein Junge mit klatschnasser Badehose versuchte, auf Kerschkamps Bongos zu hauen.

»He, zisch ab!«, sagte Kerschkamp.

»Wieso, lass ihn doch«, meinte Ratte.

Er beugte sich zu dem Jungen. »Nous sommes une rock'n'roll band, très … famous, comme les Rolling Stones …«

»Blöder Pisser«, rief der Junge und rannte weg. Die anderen Kinder liefen schreiend hinter ihm her.

Als es anfing zu dämmern, nahmen sie die zweite Flasche Wein und gingen durch die Dünen zum Strand.

»Was ist das dahinten?«, fragte Appaz. »Könnt ihr das sehen?«

Kerschkamp schüttelte den Kopf.

»Irgendein Schild. Und ein Zaun, glaube ich …«

Der Zaun kam aus den Dünen und ging bis weit in die Brandung hinein. Rostiges Eisen und eine Doppelrolle Natodraht.

»Militärisches Übungsgelände«, übersetzte Lepcke, »Betreten verboten. Und irgendwas mit Schusswaffen oder so. Dass sie schießen.«

»Toller Strand«, sagte Kerschkamp.

»Natodraht ist echt das Schlimmste, was es gibt«, erklärte Ratte. »Wenn du da einmal drinhängst, hast du keine Chance mehr.«

»Hatten sie in Brokdorf auch«, sagte Corner, »um das ganze Gelände rum.«

»Wann warst du da?«, wollte Kerschkamp wissen.

»Gleich zu Anfang, erste Demo überhaupt oder so.«

»Echt, und da hatten sie schon Natodraht drum rum?«

»Klar.« Corner nickte.

»Ich war erst später da«, sagte Kerschkamp, »als die Bullen mit Nebelgranaten gekommen sind. Aber ein paar Mal haben wir die Dinger einfach zurückgeschmissen. Kurt und ich waren mit meiner Kreidler da«, setzte er hinzu.

»Echt Scheiße, würde ich nie machen, auf so eine Demo gehen«, sagte Ratte, »zu viel Scheißtypen dabei, vom KBW und so, da habe ich nichts mit zu tun.«

»Mann«, regte sich Corner auf, »wenn sie überall AKWs hinbauen, dann hast du aber was damit zu tun!«

»Klar sind AKWs Scheiße«, versuchte sich Ratte zu rechtfertigen, »aber die bauen die Dinger doch sowieso, egal, ob ihr euch von den Bullen niederknüppeln lasst oder nicht!«

»Du bist echt so zum Kotzen blöd«, sagte Kerschkamp.

»Aber du, was?«

»Vergiss es«, sagte Appaz zu Kerschkamp, »das hat keinen Zweck, mit Ratte über so was zu reden, weißt du doch.«

»Fehlt nur noch, dass er gleich anfängt wie mein Alter«, sagte Corner. »Was ist das denn hier? Bin ich im falschen Film oder was?!«

»Dein Alter ist doch ein Arschloch, oder?!«, fragte Ratte. »Also, was soll das jetzt? – Gib mir mal den Wein!«

Lepcke sagte gar nichts.

Getrennt voneinander liefen sie zum Campingplatz zurück. Appaz und Kerschkamp vorneweg, Corner alleine weiter unten am Wasser, Lepcke ein Stück hinter ihm. Ratte verschwand quer über die Dünen.

Als sie am Bus wieder zusammentrafen, sagte Lepcke: »Ist doch Scheiße, wenn wir uns streiten.«

Appaz holte ein Notizbuch, um den Text von vorhin aufzuschreiben.

»Aber nicht *Song for Hansi*«, sagte Kerschkamp.

Ratte rollte seinen Schlafsack neben dem Bus aus und haute sich hin.

Über der Rezeption hing ein Lautsprecher, aus

dem französische Discomusik zu ihnen herüberdröhnte, immer wieder unterbrochen von Durchsagen, in denen irgendein Kind seine Eltern suchte. Oder irgendwelche Eltern ihr Kind.

»Spitze, der Platz«, sagte Kerschkamp. »Echt erste Sahne.«

»Morgen sind wir weg«, murmelte Ratte aus seinem Schlafsack.

Auch der nächste Tag begann mit Lautsprecherdurchsagen. Aber wenigstens verzichteten sie morgens auf die Discomusik.

Ratte war von Kopf bis Fuß mit juckenden Stichen übersät, dicke, rötlich-weiße Quaddeln. Auch Appaz und Kerschkamp hatten diese Quaddeln, während Lepcke und Corner im Bus verschont geblieben waren.

»Mücken oder was?«, fragte Ratte verzweifelt. An mehreren Stellen hatte er die Stiche bereits aufgekratzt.

»Flöhe vielleicht, von den beiden Typen gestern«, meinte Lepcke. »Ich hab ja gleich gesagt, dass ich keinen mehr mitnehmen will.«

»Das ist doch Quatsch«, sagte Kerschkamp, »dann hättet ihr es doch auch. Es muss irgendwas sein, was hier draußen rumkriecht.«

»Das sind keine Flöhe«, erklärte Appaz. »Flohstiche sind kleiner und immer drei zusammen.«

Mit Flöhen kannte er sich aus, seit er als Kind einen Sommer lang bei Verwandten in der DDR gewesen war, wo seine Tante eine Dackelzucht hatte.

»Wir brauchen irgendeine Salbe oder so was«, sagte Kerschkamp.

Appaz ging zur Rezeption, um nach der Adresse der nächsten Apotheke zu fragen.

Vor ihm stand eine Mutter mit einem weinenden Kind. Appaz meinte, es als eines der Kinder wiederzuerkennen, denen Ratte gestern Abend versucht hatte zu erklären, dass sie berühmte Rockmusiker seien.

Appaz kratzte sich am Arm.

»Hat es Sie auch erwischt?«, fragte die Frau mit Blick auf Appaz' Stiche. »Manche kriegen es und andere haben gar nichts. Aber es ist ganz schlimm dieses Jahr. – Hier, nehmen Sie das.«

Sie kramte eine Salbe aus ihrer Umhängetasche.

»Dünn auftragen, das hilft gegen den Juckreiz. Behalten Sie die Tube ruhig …«

»Danke«, sagte Appaz und war ein bisschen irritiert über die unerwartete Freundlichkeit. »Aber wissen Sie auch …«

»Woher die Stiche kommen?«

Appaz nickte.

»Pinienmilben«, sagte die Frau. »Ist nicht weiter schlimm, juckt nur furchtbar.«

Appaz nickte wieder.

Das Kind quengelte, dass es Eis haben wolle. Jetzt. Sofort.

»Sie sind auch aus Hannover, richtig?«, fragte die Frau, ohne sich um das Kind zu kümmern. »Wir haben Ihren Bus gesehen, mein Mann und ich. Wir kommen jedes Jahr hierher, es ist so schön hier für die Kinder.«

Sie fuhr dem Kind mit der Hand über den Kopf.

»Stimmt doch, oder? Euch gefällt es hier doch?«

Das Kind fing wieder an zu weinen.

»Du kriegst gleich ein Eis. Aber jetzt unterhalte ich mich mit dem Mann hier …«

Sie drehte sich wieder zu Appaz.

»Ich war auf der Sophienschule, ich habe vor drei Jahren Abitur gemacht. Und Sie?«

»Gottfried-Wilhelm«, stotterte Appaz.

Die Sophienschule war das Pendant zum Gottfried-Wilhelm-Gymnasium, nur eben für Mädchen. Auch Anette und Sabine waren auf der Sophienschule.

Appaz rechnete schnell nach, die Frau vor ihm konnte höchstens zwei Jahre älter sein als er selbst.

Das Kind warf sich in den Sand und versuchte, seine Mutter ins Bein zu beißen.

»Danke nochmal für die Salbe«, sagte Appaz und machte, dass er wegkam.

Als sie losfahren wollten, setzte sich Corner ohne zu fragen nach vorne.

Ratte ging auf die Liegefläche. Er schob sich den Kassettenrecorder unters Ohr. Ton Steine Scherben. Warum geht es mir so dreckig, was kann ich allein dagegen tun …

»Sag mal«, meinte Corner, »irgendwas passt doch nicht bei ihm, oder? Ich meine, die Scheiße, die er gestern gelabert hat …«

»Du brauchst doch bloß mal zu überlegen, wo Ratte herkommt«, sagte Appaz. »Sein Bruder hat sich für vier Jahre zum Bund verpflichtet, und seine Mutter denkt sowieso, dass Ratte wahrscheinlich zur RAF gehört.«

»Na und, das ist bei mir nicht anders. Das ist kein Grund.«

»Du bist verwöhnt«, sagte Appaz, »durch die Woge.«

»Stimmt schon«, nickte Corner nach einer Weile, »ich habe Glück gehabt irgendwie.«

Die Woge war die Wohngemeinschaft, in die Corner an dem Tag gezogen war, an dem er achtzehn wurde. Fast alles ältere Typen, tatsächlich noch von 1968, einer studierte noch, Bildhauerei, die anderen hatten auch irgendwas mit Kunst zu tun. Appaz hatte auf dem Flohmarkt an der Leine mal ein Happening von ihnen gesehen, da hatten sie Eimer mit Wasser gefüllt und waren dann am Ufer immer wieder ein Stück flussaufwärts gelaufen, wo sie das Wasser zurück in den Fluss gekippt hatten. Eine Frau, die schon Lehrerin war, gehörte auch dazu.

Corner hatten sie mehr oder weniger als ihr Kind angenommen. Einmal war Appaz abends da gewesen, da hatten sie alle zusammen vor dem Fernseher gehockt und einen Humphrey-Bogart-Film angeguckt. Und einmal hatte Corner die halbe Klasse eingeladen und Pizza für sie gemacht. Nur dass er sich mit der Hefe vertan hatte und das Zeug so aufgegangen war, dass sie die Backofentür nicht mehr aufkriegten.

Es machte Appaz Spaß, sich mit Corner zu unterhalten. Irgendwie war er auch überrascht, dass sie sich so gut verstanden. Und dass Corner überhaupt mal was sagte, was selten genug vorkam. Appaz fühlte sich ein bisschen geehrt, dass Corner jetzt gerade mit ihm redete.

Die anderen lagen hinten und schliefen. Der Kassettenrecorder lief immer noch. Ratte hatte die Kassette ausgetauscht: Doors. *Riders on the Storm.*

Into this house were born, into this world were thrown … riders on the storm. Und das E-Piano von Ray Manzarek, das vor dem Donnergrollen dahinperlte. Wobei die eingespielte Geräuschkulisse für Appaz eigentlich immer das Rauschen der Brandung war, Wellen, die sich an einem Kiesstrand brechen. Zu dem Song hatte er zum ersten Mal ein Mädchen geküsst, auf irgendeiner Klassenfete in einem Keller, der mit Matratzen ausgelegt war.

Corner erzählte von einem Stechapfeltrip, den er mal genommen hatte. Und dass sie in ihrer Wohngemeinschaft auch schon mal Kokain probiert hatten, aber nur einmal.

»Das haut zu sehr rein«, sagte Corner, »ist echt gut, verstehst du? Da ist das Risiko, dass du süchtig wirst, verdammt groß.«

Ein Stück vor Bayonne war plötzlich ein VW-Bus mit einem überdimensionalen Peace-Zeichen auf der Heckklappe vor ihnen.

»Fahr mal hinterher, wo die hinwollen«, sagte Corner, als der Bus langsamer wurde und rechts blinkte.

Sie bogen auf eine schmale Teerstraße ein.

»Plage« stand auf einem Schild.

Die Straße führte schnurgerade immer weiter durch eine flache Landschaft mit in der Hitze gelb gewordenem Sumpfgras.

Irgendwann endete der Belag, der Bus vor ihnen hüllte sie in eine dicke Staubwolke.

Dann waren sie plötzlich in den Dünen, wieder zeigte ein Schild die Richtung zum Strand, aber sie bogen auf einen schmalen Sandweg ab, der sie immer weiter von der Straße wegführte, bis er in einem Dünental endete.

»Was ist das denn? Wo sind wir hier?«, fragte Lepcke von hinten.

»Ist ja irre«, sagte Corner.

Appaz zählte sechs alte VW-Busse, die auf dem Sand geparkt waren, ein Stück abseits stand ein Hanomag-Laster, als würde er nicht richtig dazugehören.

»Alles Hippies«, stellte Kerschkamp fest. »Wahnsinn.«

Ein Typ mit John-Lennon-Brille kam an ihre Fahrertür.

»Hoffentlich kommen nicht noch mehr, sonst kriegen die Flics noch was spitz. – Stellt euch irgendwohin, wo Platz ist. Aber nicht da in die Mitte, da machen wir ein Feuer nachher. Habt ihr was zu trinken dabei?«

Appaz schüttelte den Kopf.

»Egal, wir haben genug …«

»Aber Gras«, sagte Corner und zeigte auf seinen Ledersack, der immer noch gut gefüllt war.

Der mit der Brille grinste und hielt den Daumen hoch.

Appaz parkte den Bus neben einem Samba-Bulli mit Rechtslenkung und englischem Kennzeichen.

Eine Weile spielten sie mit irgendwelchen Leuten Frisbee. Zwei Frauen mit extrem langen Haaren und ein Typ kamen vom Meer zurück. Sie legten sich nackt neben einen Bus aus Norwegen, um sich in der Sonne trocknen zu lassen. Der Typ hatte einen halbsteifen Schwanz.

Ein Hund mit einem bunten Tuch um den Hals versuchte kläffend, die Frisbeescheibe zu fangen. Zu irgendeinem der Busse gehörte auch ein kleines

Kind, das ihnen eine Weile mit dem Daumen im Mund zusah. Bis es sich plötzlich hinhockte und einen großen Haufen auf den Sand setzte.

Dann kam wieder der mit der Brille. Er hatte einen Spaten dabei.

»Wenn ihr kacken müsst, grabt euch ein Loch in den Dünen. Ich will keine Sauerei hier.«

Ratte nahm den Spaten und verdrückte sich.

»Echt gut organisiert«, sagte Kerschkamp anerkennend.

Sie zogen mit los, um am Strand Holz für das Feuer zu sammeln. Zwei Typen schleppten einen halben Baumstamm an. Appaz fand ein Brett mit chinesischen Schriftzeichen, das er hinter die Lehne des Fahrersitzes schob.

Die Leute aus dem Hanomag bauten einen dreibeinigen Grill auf. Irgendjemand schleppte eine ganze Stiege Tomaten an.

»Frisch geklaut«, grinste er Appaz an, »vorhin auf dem Markt.«

Appaz nickte und grinste zurück. Er überlegte, ob die Fleischstücke auf dem Grill ebenfalls geklaut waren.

Als die Flammen zu hoch loderten, warnte der mit der Brille: »Vorsicht, Leute, sonst haben wir echt gleich die Flics am Hals.«

Corner spielte mit einem von den Engländern Gitarre.

Trotz allem hatte Appaz den Eindruck, dass sie nur geduldet waren und nicht richtig dazugehörten. Nicht nur, dass die anderen alle ein paar Jahre älter waren als sie, sie waren auch anders. Eher wie der Medizinstudent, der ihnen den Gepäckträger und die Reifen verkauft hatte. Oder auch wie die beiden Luxemburger, Marc und Jan. Leute, die tatsächlich so waren, wie Appaz und seine Freunde nur vorgaben zu sein. Appaz und die anderen waren keine Hippies. Und sie waren schon gar keine Achtundsechziger. Manchmal war sich Appaz nicht sicher, was sie überhaupt waren. Vielleicht wussten sie auch nur, was sie auf keinen Fall sein wollten!

Sie saßen noch eine Weile mit am Feuer, um einen Joint zu rauchen, dann holten sie ihre Schlafsäcke und legten sich in die Dünen. Nur Lepcke wollte im Bus schlafen.

Corner blieb als Einziger von ihnen am Feuer sitzen.

Der Himmel war sehr klar, und Appaz hatte das Gefühl, noch nie so viele Sterne gesehen zu haben. Er erinnerte sich, was sein Vater aus dem Krieg erzählt hatte. Dass er irgendwo in Nordnorwegen immer daran gedacht hatte, dass die Sterne dieselben seien, die sie auch zu Hause sahen.

»Weißt du, welche Sterne welche sind?«, fragte Kerschkamp neben ihm.

»Keine Ahnung«, sagte Appaz.

»Die vier Punkte da mit der Deichsel, das ist der Große Wagen«, sagte Ratte, »und der helle Stern da hinten ist der Polarstern.«

Von irgendwoher dröhnte Motorengeräusch. Als Appaz sich aufsetzte, sah er blaue Lichtblitze über den Dünen. Unten am Feuer rannten sie hin und her und warfen Sand in die Flammen.

Der Hund kläffte.

»Scheiße, die Bullen kommen«, sagte Kerschkamp.

Drei Peugeot-Busse hielten in der Einfahrt zum Dünenplatz.

Die Flics trugen weiße Käppis, die in der Dunkelheit leuchteten. Sie hatten Schlagstöcke in der Hand. Gleich darauf hörte Appaz, wie sie anfingen, die Glasflaschen an der Feuerstelle zu zerschlagen. Die zuckenden Blaulichter ließen das Ganze irgendwie unwirklich erscheinen.

Sie rannten zu ihrem Bus zurück.

»Camping interdit!«, schrie ihnen ein Flic entgegen, »Tirez-vous!«

Lepcke stand kreidebleich neben der Beifahrertür. Corner hielt seine Gitarre hoch über dem Kopf, um sie aus der Reichweite der Schlagstöcke zu kriegen.

Die ersten Busse wurden gestartet. Appaz rutschte hinters Lenkrad und drehte den Schlüssel.

Die Flics winkten sie mit großem Geschrei zwischen den Peugeot-Bussen durch. Einer ließ seinen Schlagstock mit voller Wucht gegen das Blech der Fahrertür knallen.

»Scheiße«, sagte Kerschkamp. »Gib Gas!«

An der Einmündung auf die Hauptstraße standen weitere Polizisten, die sie abwechselnd nach links und rechts winkten.

»Die wollen uns trennen«, sagte Ratte, »darum geht es.«

»Ach was?«, sagte Kerschkamp.

Ein Stück vor ihnen fuhr der Hanomag-Laster. Als er im nächsten Dorf rechts blinkte, hupte Appaz kurz und überholte.

»Wo wollen wir überhaupt hin jetzt?«, fragte Kerschkamp.

»Wir fahren nach Biarritz«, sagte Appaz. »Oder weißt du was Besseres?«

»Scheiß-Bullen«, sagte Ratte von hinten. »Aber irgendwann sind wir dran. Der Tag kommt, und dann machen wir sie fertig.«

»Sei froh, dass sie uns nicht durchsucht haben«, meinte Corner.

Im Rückspiegel sah Appaz, wie er sich eine Zigarette anzündete. Gleich darauf zog süßlicher Qualm nach vorne.

11

Biarritz war wie ausgestorben. Als Appaz auf die Uhr guckte, war es kurz nach zwei.

Sie stellten sich direkt neben das Casino. Woran sich auch niemand störte, bis sie dann irgendwann am Morgen von einem Gemüsehändler geweckt wurden, der das Casino-Restaurant belieferte und direkt neben ihnen seine Kisten auslud.

Ein Stück weiter die Promenade entlang war ein Straßencafé mit Blick auf den Badestrand. Sie bestellten frische Croissants und Milchkaffee. Sie waren die ersten Gäste. Der Kellner musterte sie argwöhnisch, als sie nacheinander aufs Klo gingen.

»Mist«, sagte Kerschkamp plötzlich, »ich habe überhaupt kein Foto gemacht gestern. Von den Bussen in den Dünen, wäre bestimmt super gewesen.«

»Merk es dir einfach«, sagte Corner, »merken ist manchmal besser als Foto.«

»Trotzdem Scheiße«, sagte Kerschkamp.

Sie beschlossen, noch ein bisschen durch die Stadt zu laufen, und dann zu baden.

Kerschkamp blieb vor einem Plattenladen stehen. Im Schaufenster war eine neue Platte von Gong ausgestellt. *Shamal*. Mit einer Wüstenlandschaft unter hellblauem Himmel auf dem Cover.

Kerschkamp zählte sein Geld und verschwand im Laden. Als er wiederkam, hielt er ihnen die Platte entgegen.

»In der Woge kaufen wir nur Raubdrucke«, sagte Corner, »sind billiger. Christine hat einen von Santana, *Live in Rotterdam,* ein Jahr nach Woodstock oder so.«

Christine war die Lehrerin aus Corners Wohngemeinschaft.

»Raubdrucke klingen doch Scheiße«, erklärte Ratte, »wie mit einem Kassettenrecorder aufgenommen.«

»Sind sie ja auch«, sagte Corner.

Kerschkamp guckte sich die Fotos auf dem Cover an.

»Pierre Moerlen«, sagte er, »irrer Schlagzeuger!«

Appaz kaufte eine Postkarte.

»Für Hansi«, meinte er und zeigte den anderen das Foto auf der Vorderseite. Der Badestrand von Biarritz, mit dem Casino dahinter.

Appaz brannte mit der Kippe ein Loch in den Himmel. Als Text kritzelte er auf die Rückseite: »Le soleil brille.«

Sie unterschrieben alle, auch Corner.

Appaz überlegte, ob er auch eine Karte für seine Eltern kaufen sollte, ließ es dann aber.

An einem Imbissstand probierten sie Croque Monsieur, Toast mit Schinken und Käse. Auf dem Toastbrot waren braune Streifen von den Heizstäben des Grills.

Dann gingen sie zum Strand. An der Promenade kam ihnen ein Typ in einem langen Umhang entgegen, dem drei oder vier Mädchen am Arm hingen, alle in knappen Bikinis und blond. Die Mädchen lachten jedes Mal übertrieben, wenn der Typ irgendetwas sagte.

Die meisten Leute blieben stehen und guckten hinter dem Typen und seinen Mädchen her.

»Was ist das denn für ein Arsch?«, fragte Ratte.

»Kennst du nicht?«, fragte Corner. »Arndt von Bohlen oder so, ich habe schon mal Fotos von ihm gesehen, in irgendeiner Illustrierten.«

»Wer?«, fragte Kerschkamp.

»Arndt von Bohlen«, wiederholte Corner, »so ein Millionärsarsch, von Krupp oder so. Hat Geld ohne Ende.«

»Irgendwie auch geil«, meinte Ratte, »meint ihr, der fickt mit allen Miezen gleichzeitig?«

»Glaub ich nicht«, sagte Lepcke, »wie soll das denn gehen?«

Kerschkamp wollte nochmal zum Bus zurück, um seine Platte wegzubringen. Corner überlegte, ob er die Gitarre mitnehmen sollte, ließ sie dann aber doch in der Hängematte.

Ratte ging mit Jeans ins Wasser, weil er seine Badehose nicht finden konnte.

Die Wellen liefen hoch auf und rollten weit auf den Strand. Gleich der erste Brecher riss Appaz die Füße weg und wirbelte ihn kopfüber auf den Sand.

Eine Weile standen sie dicht nebeneinander und warteten bei jeder Welle auf den richtigen Zeitpunkt, um darunter durchzutauchen.

Dann zeigte Ratte zu ein paar Jugendlichen, die sich flach ausgestreckt von den Wellenkämmen mittragen ließen. Sie brauchten einen Moment, bis sie den Trick raushatten. Ratte kapierte es als Erster und schrie jedes Mal vor Begeisterung, wenn er mit der Brandung auf den Strand gerissen wurde.

Später lagen sie in der Sonne. Ratte hatte die Jeans ausgezogen und lag auf dem Bauch, die Bundeswehrunterhose klebte nass in seiner Arschfalte.

Lepcke hatte sich sein T-Shirt übers Gesicht gelegt. Auf der Brust bekam er allmählich einen Sonnenbrand.

Als ein Eisverkäufer mit seinem Wagen über den Strand geschoben kam, holten Appaz und Kerschkamp Eis für alle.

»Das wäre ein guter Film«, sagte Appaz, »immer nur der Eisverkäufer, der seinen Wagen über den Strand schiebt. Von links nach rechts und wieder zurück. Und plötzlich nochmal von rechts. Und auf einmal mit einem Sonnenschirm drüber.«

»Klasse«, meinte Kerschkamp, »und dann muss es plötzlich ein anderer Typ sein, ein Tourist oder so, und der Eisverkäufer latscht einfach nur so hinterher.«

»Oder es ist immer noch der Eisverkäufer, der den Wagen schiebt, aber hinter ihm geht ein Neger, der den Sonnenschirm über ihn hält«, überlegte Appaz.

»Und sonst nichts«, sagte Kerschkamp.

»Und sonst nichts«, meinte Appaz grinsend.

Ratte stützte sich mit dem Arm auf.

»Glaubt ihr, dass die dafür noch Leute suchen, die das machen? Als Eisverkäufer, meine ich, wäre doch ein geiler Ferienjob. Lernst du garantiert jede Menge Frauen bei kennen.«

»Ist bestimmt Scheiße, den ganzen Tag den Wagen in der Sonne hin- und herzuschieben«, sagte Kerschkamp. »Mit dem Sand und so.«

»Finde ich nicht«, beharrte Ratte. »Ist leicht verdientes Geld.«

Ein paar Meter weiter lagen drei Mädchen, die eine hatte ihr Oberteil aufgehakt.

Kerschkamp fragte, ob sie vielleicht einen Campingplatz wüssten.

»Chambre d'amour«, sagte die eine. Die beiden anderen kicherten.

Kerschkamp kapierte nichts. Er hob hilflos die Hände und guckte zu Appaz. Appaz und Ratte standen auf und gingen zu ihm rüber.

Die Mädchen kamen aus der Schweiz. Gabi, Doro und Marianne. Marianne war die mit dem geöffneten Oberteil. Als sie sich umdrehte, hielt sie den Bikini mit der Hand fest. Mit der anderen drehte sie sich ihre Haare im Nacken zusammen.

»Und, wisst ihr jetzt einen Campingplatz?«, fragte Ratte und zerrte an seiner Unterhose, die immer noch nass war.

»Chambre d'amour«, wiederholte Gabi, »so heißt der Campingplatz. Ist aber ein Stück weg, eine Viertelstunde mit dem Bus, ungefähr. Aber der Bus fährt nicht so oft.«

»Seid ihr da auch oder was?«, fragte Ratte.

Gabi nickte.

»Wir können euch mitnehmen«, sagte Appaz.

»Wir haben nämlich selber einen Bus«, ergänzte Kerschkamp, »steht gleich oben am Casino. Ein VW-Bus.«

Die drei überlegten kurz, dann nickten sie.

»Chambre d'amour«, sagte Ratte, »geiler Name.«

Marianne streifte sich ein langes, dunkelrotes Kleid über, das bis fast auf den Boden ging.

Sie guckte Appaz nicht an.

Kerschkamp erzählte, dass sie letzte Nacht von den Flics vertrieben worden seien.

»Voll brutal«, sagte er, »die sind mit Schlagstöcken gekommen.«

»Die Flics sind Scheiße«, sagte Doro, »die lassen noch nicht mal jemand im Schlafsack am Strand pennen.«

Corner zuckte nur mit der Schulter, als Appaz erklärte, dass sie die Mädchen mit zum Campingplatz nehmen würden.

Lepcke starrte auf seine verbrannte Brust.

»Sieht böse aus«, sagte Gabi, »da musst du unbedingt was draufmachen nachher.«

Lepcke und Corner quetschten sich zusammen auf den Beifahrersitz, Ratte wollte Gabi auf seinen Schoß nehmen, aber sie wollte nicht.

Sie fuhren am protzigen Eingangstor des Hôtel du Palais vorbei, mit einem livrierten Pförtner, der mit blasiertem Lächeln durch sie hindurch zu gucken schien, dann an kaum weniger protzigen Villen aus der Jahrhundertwende bis in einen Vorort mit tristen Einheitsbungalows. Links war immer noch das Meer. Hinter einem Plattenbau mit einer Pizzeria und ein paar Geschäften ging es zum Campingplatz ab.

Die Straße führte in einer engen Kurve steil bergauf. Appaz musste vom zweiten in den ersten Gang schalten, Kupplung, Zwischengas, Kupplung. Er war ein bisschen enttäuscht, dass keiner was sagte, als er den ersten Gang fast ohne Rucken reinkriegte.

Sie fanden einen freien Platz neben ein paar Büschen.

Die Mädchen wollten duschen, Lepcke und Corner fingen an, das Zelt aufzubauen. Ratte suchte im Bus nach seiner Badehose.

Appaz ging zum Klo. Als er fertig war, stand Kerschkamp vorm Spiegel und versuchte, einen Pickel an seinem Kinn auszudrücken.

Neben den Klos gab es eine Bar, ein paar Tische und Stühle im Freien, hinter einem Grill war ein Koch im Unterhemd damit beschäftigt, Tomaten mit Hackfleisch zu füllen.

Er nickte ihnen zu und sagte irgendwas.

Als sie ihn nicht verstanden, sagte er auf Deutsch: »Zehn Minuten.«

Appaz und Kerschkamp nickten, ohne lange zu überlegen.

Sie setzten sich an einen Tisch und guckten zu, wie die Tomaten auf einem Blech über dem Feuer in ihrem eigenen Saft gar wurden. Es duftete nach Knoblauch und Oregano.

Als sie die ersten Bissen probiert hatten, sagte Kerschkamp: »Très bien. Wahnsinn!«

Der Koch grinste zufrieden und schnitt die nächsten Tomaten auf, um dann mit einem Löffel das Fruchtfleisch herauszuholen.

Ratte kam mit den drei Mädchen. Sie setzten sich dazu. Kerschkamp ließ Gabi von seiner Tomate probieren.

Der Koch brachte einen neuen Teller, gehäuft voll mit heißen »tomates avec viande«.

Ratte kaufte Bier für alle.

Marianne trug wieder das rote Kleid, die Haare

hatte sie mit einem Stirnband zusammengebunden. Appaz sah, dass ihre Fußnägel in der gleichen Farbe wie das Kleid lackiert waren.

»Mit der nächsten Runde bist du dran«, sagte Ratte zu Appaz, »ich hab kein Geld mehr.«

Appaz ging zur Theke. Plötzlich stand Marianne neben ihm.

»Ein Stück am Strand runter gibt es eine Disco. Hast du Lust mitzukommen?«

»Wir alle?«

Sie schüttelte den Kopf.

»Du und ich.«

»Und das Bier?«, fragte Appaz idiotischerweise.

Marianne lächelte nur.

Appaz guckte zu den andern hinüber. Ratte erzählte irgendwas. Wobei er sich weit über den Tisch beugte und sich immer wieder mit beiden Händen die Haare aus dem Gesicht strich.

Kerschkamp hatte den Arm hinter Doros Rücken auf ihre Stuhllehne gelegt.

Auf dem Weg den Berg runter fragte Appaz: »Meinst du, ich komme da überhaupt so rein?«

Er hatte nichts an als seine Jeans mit dem Riss am Knie und ein schwarz geripptes Turnhemd.

Marianne lächelte wieder.

Sie waren beide barfuß.

Irgendwo am Strand war ein Lagerfeuer. Sie machten einen großen Bogen und gingen am Wasser weiter.

Appaz zeigte Marianne die Muschel, die er in Cap Ferret gefunden hatte.

Marianne erzählte aus der Schweiz. Dass sie eine

Hauswirtschaftsschule besuchen würde. Und dass sie seit über zwei Jahren mit einem Typen zusammen sei, der einen Lamborghini fuhr und ihr eine Wohnung bezahlte.

»Aber es ist nicht mehr so gut wie zu Anfang«, sagte sie. »Er ist ein Arschloch. Er hat zu viel Geld.«

Appaz sagte nichts von Anette.

Als die Sonne langsam im Meer versank, fasste Marianne nach Appaz' Hand. Ließ aber gleich wieder los, um sich die Tränen aus den Augen zu wischen.

Appaz wusste nicht, was er machen sollte.

Marianne drehte sich zur Seite. Ihre Schultern zuckten.

Appaz stocherte mit dem Fuß im Sand. Wo gerade die Wellen über den Strand gelaufen waren, glänzten die Muscheln im letzten Sonnenlicht.

»Wie weit ist es eigentlich noch?«, fragte Appaz.

»Nicht mehr weit.«

Marianne breitete die Arme aus und rannte ein Stück am Flutsaum entlang.

Als Appaz sie eingeholt hatte, sagte sie: »Entschuldigung wegen eben. Aber jetzt ist alles wieder okay.«

Auf dem Parkplatz vor der Disco standen nur zwei oder drei Autos. Marianne bezahlte für sie beide.

Die Disco war mit einem flauschigen Teppichboden ausgelegt, der sich unter Appaz' Füßen klebrig anfühlte. Aus den Boxen dröhnte *Layla* von Clapton.

Ein Pärchen war auf der Tanzfläche. Der Typ tat so, als würde er Gitarre spielen, was Appaz vollends lächerlich fand.

»Ich möchte einen Cocktail«, sagte Marianne und zog Appaz zu einem Tisch neben der Tanzfläche. Die halbrunde Sitzbank sah aus wie ein Sofa und war mit irgendeinem Samtstoff bezogen, der sich ebenfalls klebrig anfühlte.

Marianne kicherte.

Als der Kellner kam, bestellte sie etwas, was Appaz noch nie gehört hatte.

Die Gläser waren schmal und hoch, auf den Rand war eine halbe Zitronenscheibe gesteckt. Das Zeug schmeckte stark nach Rum.

Appaz drehte Zigaretten für sie beide.

Als der Diskjockey *Sailing* auflegte, wollte Marianne tanzen.

Sie legte ihm die Hände auf die Hüften und ließ den Kopf nach hinten hängen, die Augen hatte sie geschlossen. Langsam drehten sie sich im Kreis.

»Magst du Rod Stewart?«, fragte Marianne.

»Nicht besonders«, sagte Appaz.

Sie schob sich dichter an ihn.

Sie blieben noch für drei oder vier Songs auf der Tanzfläche. Dann bestellte Marianne neue Drinks.

Sie hockten dicht nebeneinander auf dem Samtsofa, Appaz konnte ihr Bein an seinem spüren.

Er erzählte, dass er mit sechzehn im Schüleraustausch in Bournemouth mal Mungo Jerry live gesehen hatte, auch in einer Disco. Marianne wusste nicht, wer Mungo Jerry war.

»In the Summertime«, sagte Appaz.

»Ach so, ja, klar!«

»Autoscooter-Musik«, sagte Appaz.

Plötzlich war ihm schlecht. Als er sich mit der Hand über die Stirn fuhr, spürte er kalten Schweiß.

»Ich geh mal kurz raus«, sagte er, »ein bisschen an die Luft.«

Er stellte das halbvolle Glas ab und stand auf.

Marianne guckte ihn fragend an.

Es war ihm peinlich. Er versuchte, möglichst lässig über die Tanzfläche zu kommen, allerdings hatte er das deutliche Gefühl, dass der Barkeeper ihn spöttisch beobachtete.

Draußen holte er mehrmals tief Luft. Trotzdem fühlte er sich immer noch, als müsste er gleich kotzen. Er kletterte eine Düne hinauf und blickte aufs Meer. Langsam wurde es besser, aber er wollte lieber noch einen Moment warten, bevor er zurück in die Disco ging.

Er setzte sich in den Sand. Sein Kopf war völlig leer, aber wenigstens war der Schwindel verschwunden. Er musste aufstoßen und hatte sofort wieder den Knoblauchgeschmack der Hackfleisch-Tomaten im Mund. Er entdeckte einen Teerfleck unter seiner Fußsohle und versuchte, ihn mit Sand abzureiben.

Plötzlich stand Marianne vor ihm.

»Du bist nicht wiedergekommen«, sagte sie, »ich hatte Angst, dass du abgehauen bist.«

»Unsinn.« Appaz schüttelte den Kopf. »Mir war nur irgendwie nicht gut.«

»Vielleicht von der Hitze heute, dass du einen Sonnenstich hast oder so? – Ist es jetzt besser?«

Appaz nickte.

»Wollen wir trotzdem zurückgehen? Ich hab irgendwie keine Lust mehr auf Disco.«

Ein langes Stück gingen sie nebeneinander her, ohne ein Wort zu sagen. Es war längst dunkel inzwischen, aber der Sand leuchtete grau im Mondlicht.

Appaz fasste nach Mariannes Hand.

Das Laufen tat ihm gut, er fühlte sich wieder völlig in Ordnung.

»Hast du eigentlich schon mal nachts im Meer gebadet?«, fragte er.

»Nein, nie. Nur bei uns im Freibad, da sind wir nachts mal über den Zaun. – Wollen wir?«

Appaz nickte.

Sie liefen noch ein Stück weiter, als wären sie sich beide nicht ganz sicher.

Dann sagte Appaz: »Also los!«

Marianne streifte ihr Kleid über den Kopf. Darunter trug sie einen weißen Slip und ein weißes Unterhemd.

Appaz zog sich die Jeans aus.

Als er hochblickte, rannte Marianne schon nackt zum Wasser. Ihr Hintern leuchtete hell.

Appaz zog sich ganz aus und lief hinterher. Sein Schwanz klatschte beim Rennen gegen seine Beine, was irgendwie ein komisches Gefühl war.

Das Wasser war kälter, als er gedacht hatte. Und es war unmöglich abzuschätzen, wie tief es war. Eben noch ging es ihm kaum bis zu den Knien, da rollte ihm auch schon eine Welle entgegen, dass er Mühe hatte, sich aufrecht zu halten.

Marianne tauchte unter und kam lachend wieder hoch.

»Sei vorsichtig«, rief Appaz, »ich weiß nicht, ob die Flut gerade kommt oder geht!«

Nach drei, vier Wellen hatten sie genug.

Sie rannten ein Stück über den Sand.

Sie froren beide.

Appaz bückte sich nach seinem Turnhemd, um sich damit die Haare zu trocknen.

Marianne hielt ihm ihr Unterhemd hin.

»Nimm das, ich hab ja das Kleid.«

Appaz rieb sich über die Arme und die Schultern, dann streckte er die Hand aus und strich Marianne vorsichtig mit dem Hemd übers Gesicht.

»Jetzt ich!«, lachte sie und trocknete ihm die Brust.

»Es ist kalt«, sagte Appaz. Seine Zähne klapperten.

Marianne ließ das Hemd fallen und drückte sich an ihn.

Appaz merkte, wie sein Schwanz steif wurde.

Er küsste sie und ließ seine Hand über ihren Rücken wandern, und von ihrem Hintern weiter nach vorne zur Innenseite ihres Oberschenkels.

Sie rückte ein wenig von ihm ab und öffnete die Beine. Appaz strich sanft über ihren Schamhügel und schob einen Finger zwischen die Lippen.

Marianne stöhnte leise, es klang wie kleine Schluchzer. Sie presste ihren Mund auf seinen Hals und fuhr ihm mit der Hand unter die Eier und den Schwanz hinauf, Appaz schob seinen Finger tief in sie hinein.

»Warte«, flüsterte Marianne.

Sie machte sich los und breitete ihr Kleid auf dem Sand aus, dann lagen sie nebeneinander und küssten sich, bis sie kaum noch Luft bekamen, Appaz hatte wieder die Hand zwischen ihren Beinen, sie rieb seinen Schwanz und stöhnte schwer an seinem Mund.

Sie rollte sich zur Seite.

»Ich muss mal pinkeln, sorry.«

Marianne hockte sich keine zwei Meter von ihm entfernt in den Sand, Appaz wollte erst nicht hingucken, machte es dann aber doch.

Als sie fertig war, legte sie den Kopf in den Nacken, bis ihre Haare fast den Sand berührten, sie hatte die Augen geschlossen und den Mund weit offen, Appaz sah, wie sie sich mit der Hand zwischen die Beine fasste, wieder hörte er ihre kleinen Schluchzer, die klangen, als kämen sie weit unten aus ihrer Kehle.

Dann war sie plötzlich über ihm, drückte ihn zurück auf das Kleid und nahm seinen Schwanz in ihren Mund, fuhr mit der Zunge um seine Eichel, auf und nieder, während sie sich weiter selber streichelte. Als Appaz spritzte, stöhnte sie laut auf und kroch ein Stück vor, mit dem Rücken zu ihm, auf Knie und Hände gestützt, streckte sie ihm ihre beiden Pobacken entgegen, Appaz fuhr mit der Zunge durch ihre Haare und die Spalte hinauf, sie drückte ihr Hinterteil gegen sein Gesicht, seinen Mund, seine Zunge, »ich will dich haben, komm …«

Appaz' Schwanz war immer noch steif, er richtete sich auf und schob sich langsam in sie hinein, fühlte ihre Hand an seinen Eiern und griff nach ihren schaukelnden Brüsten, ihre Brustwarzen waren hart zwischen seinen Fingern, er fuhr mit der Zunge die Wellenlinie ihres Rückgrates hinauf, ihre Pobacken klatschten gegen seine Beine …

Eine Weile blieb er noch auf ihr liegen, sie kaute an seinem Finger, er strich ihr die Haare aus dem Gesicht und mit den Lippen über ihren Hals und ihr Ohr.

»Ich bin nicht verliebt«, flüsterte Marianne. Als Appaz nicht reagierte, wiederholte sie den Satz nochmal, lauter diesmal: »Nicht, dass du denkst, ich wäre verliebt.«

Appaz zog sich sein Turnhemd über und schüttelte den Sand aus der Unterhose.

»Nimmst du eigentlich die Pille?«, fragte er, ohne Marianne anzublicken. »Ich weiß, ich hätte vorher fragen müssen, aber …«

»Natürlich!«

Sie lachte und warf ihm ihr nasses Unterhemd ins Gesicht.

Appaz fand, dass ihre Brüste die schönsten Brüste waren, die er je gesehen hatte.

An der Campingbar war nur noch ein Tisch besetzt.

Kerschkamp und Doro, die auf seinen Knien hockte. Sie knutschten. Kerschkamp hatte die Hände unter ihrem T-Shirt.

Ratte und Gabi waren nirgends zu sehen.

Der Koch hatte längst Feierabend gemacht, aber über dem Grill hing immer noch der Geruch nach heißem Hackfleisch und Tomaten. Dazu kam der süßliche Qualm von dem halb gerauchten Joint, der in dem überfüllten Aschenbecher auf dem Tisch vor Kerschkamp und Doro vor sich hin glimmte.

In Mariannes Zelt flackerte eine Kerze, Rattes Schatten zeichnete sich deutlich auf der Zeltwand ab. Ratte redete und strich sich wieder die Haare aus dem Gesicht.

»Kann ich mit zu dir?«, flüsterte Marianne. »Ich hab keine Lust, alleine zu sein …«

Sie krochen unter Appaz' Schlafsack. Marianne

hatte den Kopf auf seiner Brust. Ihre Finger streichelten über seine Beckenknochen. Nach einer Weile rutschte sie tiefer und nahm ihn wieder in den Mund.

Als Appaz merkte, dass er kam, zog er ihren Kopf zurück.

»Lass doch«, flüsterte sie, »ich hab das gerne ...«

Irgendwann kam Kerschkamp ins Zelt gekrochen und haute sich hin. Er stank nach Gras, als hätte er in dem Rauch gebadet.

Schon um halb neun war es wieder so heiß im Zelt, dass Appaz klatschnass geschwitzt war.

Kerschkamp hatte seinen Schlafsack zur Seite gestrampelt und schnarchte leise.

Marianne sah verheult aus. Als hätte sie schon eine ganze Zeit wach gelegen und geweint.

»Was ist?«, flüsterte Appaz.

Sie lächelte, schüttelte den Kopf und küsste ihn. Als ihre Zunge sich von seinem Hals über die Brustwarzen und seinen Bauch nach unten arbeitete, zog Appaz den Schlafsack höher.

Er dachte, wie gut es war, dass Kerschkamp schnarchte. So wusste er wenigstens, dass er noch schlief.

Sie frühstückten neben dem Bus. Ratte erzählte, dass er kaum geschlafen habe, nur die letzten zwei Stunden noch ein bisschen. Als Doro ins Zelt gekommen war, hatte er immer noch mit Gabi geredet. Und dann hatten sie alle drei geredet.

»Und worüber?«, fragte Kerschkamp und sah nicht so aus, als würde ihn Rattes Geschichte überzeugen.

»Über alles«, sagte Ratte. »Manchmal ist es echt gut, wenn man redet. Man kann ja nicht immer nur ficken.«

Gabi und Doro kicherten.

Kerschkamp schien das nicht so witzig zu finden.

Doro beugte sich vor und küsste ihn.

»Du warst vielleicht breit heute Nacht …«

Kerschkamp versuchte ein Grinsen.

»Scheiße, Mann, ja. Und dann wache ich auf, und neben Kurt liegt nicht Ratte, sondern eine Frau. Ich hab gedacht, ich wär immer noch breit …«

»Und was machen wir heute?«, fragte Lepcke unvermittelt.

Er war ohne Frage sauer.

Sie gingen alle zusammen zum Strand runter. Der Sand war so heiß, dass sie das letzte Stück zum Wasser rennen mussten.

Die Wellen waren genauso hoch wie am Tag zuvor in Biarritz, aber irgendetwas war anders. Vielleicht weil die Mädchen dabei waren.

Lepcke ging schon nach kurzer Zeit wieder zurück zum Campingplatz. Inzwischen hatte er auch auf den Beinen einen Sonnenbrand, obwohl er sich ständig einschmierte.

Marianne legte sich zwischen Appaz' Beine auf seinen Bauch. An den Seiten ihrer Bikinihose konnte man ihre Schamhaare sehen.

Kerschkamp guckte, als würde es ihn stören.

Ratte erzählte von seinem Bruder. Die Geschichte, wie Udo besoffen in Ausgehuniform in den Fernsehladen eingebrochen war. Gabi und Doro fanden die Geschichte gut. Appaz streichelte mit dem Zeigefinger um Mariannes Brust unter dem Bikini.

Und dann war plötzlich Peter da, den sie in Quiberon kennengelernt hatten. Peter aus Schleswig-Holstein, mit dem VW-Variant. Er war gerade erst angekommen und hatte sein Zelt auf dem Campingplatz aufgebaut. Lepcke hatte ihm gesagt, dass Appaz und die anderen am Strand seien.

»Und deine Freunde?«, fragte Kerschkamp. »Wo sind die Typen, mit denen du in Quiberon warst?«

»Wir haben uns ein bisschen gestritten. Die wollten wieder zurück nach Holland. Aber mir gehört das Auto, ganz einfach, und die trampen jetzt.«

Er blickte zu Corner.

»Und der eine da, mit dem du zu Anfang unterwegs warst? Wie hieß der noch?«

»Andi.«

»Andi, richtig. Guter Typ irgendwie.«

»Der hat zwei Holländerinnen kennengelernt. Ich bin jetzt mit denen hier unterwegs. Ist auch gut.«

»Echt, zwei gleich?«

Peter lachte. Es klang irgendwie schmutzig.

Marianne schob hinter ihrem Rücken ihre Hand in Appaz' Badehose.

Das Gespräch schleppte sich.

Kerschkamp erzählte Peter, wie sie den Ami nach Paris gebracht hatten.

»Stimmt, der Durchgeknallte, was? Ich erinnere mich.«

Mariannes Hand war immer noch in Appaz' Badehose.

Ratte grinste.

»Wenn sie jetzt aufsteht, um baden zu gehen, bist du am Arsch …«

»Ich will nicht baden«, sagte Marianne. Aber sie zog die Hand weg.

»Ich meine ja nur«, lachte Ratte und versuchte, den Verschluss von Gabis Oberteil aufzuhaken.

Gabi haute ihm auf die Finger.

»Wollen wir nicht was machen?«, fragte Kerschkamp. »Ich habe irgendwie Lust, was zu machen.«

Er guckte Doro an.

Doro zuckte mit der Schulter.

»Zu heiß, um was zu machen«, sagte Ratte.

Peter fragte, ob sie Spachtelmasse oder so was dabeihätten. Sein Tank würde lecken.

»Ich hab's schon mit Kaugummi versucht, aber das hält nicht.«

»Ich glaube, es gibt irgendwas, was man in den Tank kippen kann«, sagte Kerschkamp. »Wenn das Loch nicht zu groß ist natürlich nur.«

»Ich fahr mal nach Biarritz und such mir eine Werkstatt«, sagte Peter. »Will einer von euch mit?«

»Ich«, sagte Corner, »besser als hier rumzuhängen.«

Peter und Corner zogen los.

12

»Gehen wir zum Campingplatz zurück«, sagte Ratte. Er hatte seine Hand auf Gabis Hüfte und die Finger unter dem Gummizug ihrer Bikinihose.

Als sie an dem Plattenbau mit der Pizzeria vorbeikamen, sagte Kerschkamp: »Kommt, wir gehen was essen.«

»Können wir doch auch oben in der Bar«, meinte Ratte, »war doch geil, die Tomaten da.«

»Die machen erst heute Abend wieder auf«, sagte Kerschkamp. »Los, Leute, kommt!«

Ratte schüttelte den Kopf. Gabi hatte auch keine Lust. Arm in Arm machten sie sich auf den Weg zum Campingplatz.

Kerschkamp steuerte auf einen Vierertisch im Schatten unter der Markise zu. Das Tischtuch war weiß und aus Stoff, genauso wie die Servietten.

»Es gibt Lasagne«, sagte Kerschkamp, nachdem er die Karte aufgeschlagen hatte. »Klasse.«

Appaz wusste nicht, was Lasagne ist.

Doro lachte.

»Bestell einfach«, sagte Marianne und küsste ihn auf den Mund.

Sie wurden von der Chefin selbst bedient. Sie begrüßte Appaz und die anderen mit einem spöttischen Blick, als hätte sie vier Kinder vor sich, die sich zum ersten Mal trauten, alleine auszugehen. Appaz fand, dass sie verdammt gut aussah, obwohl sie bestimmt zwanzig Jahre älter war als sie.

Doro bestellte in fließendem Französisch. Und erwähnte auch gleich noch, dass Appaz bisher noch nie Lasagne gegessen habe.

Als die Lasagne dann kam, war Appaz' Stück fast doppelt so groß wie die anderen.

Die Chefin sagte irgendetwas.

»Du musst viel nachholen«, übersetzte Doro.

Appaz fand die Lasagne ausgezeichnet. Vor allem die weiße Soße und das Hackfleisch, in dem auch Gurkenstückchen und Erbsen und Möhren waren. Was Kerschkamp allerdings völlig unmöglich fand: »Gehört da eigentlich gar nicht rein«, erklärte er.

»Aber ich find's gut«, sagte Appaz mit vollem Mund.

Und als die Chefin wieder an ihrem Tisch vorbeikam, hielt er die Gabel hoch und sagte: »Très bien, très très bien!«

Ob er Französisch könne, wollte die Chefin wissen.

»Non«, sagte Kerschkamp sofort an Appaz' Stelle.

»Un petit peu«, sagte Appaz.

»Un petit petit peu«, erklärte Kerschkamp und zeigte mit Daumen und Zeigefinger wie wenig.

»Salaud!«, sagte Doro zu Kerschkamp und boxte ihn über den Tisch hinweg.

»I speak little English«, sagte die Chefin, »I have a question.«

Sie blickte dabei nur Appaz an.

»Yes«, sagte Appaz, »okay.«

Sie zog sich einen Stuhl an den Tisch.

»I need help. I want a big poster for the door of my restaurant. Against the capitalists.«

Sie wechselte ins Französische. Doro übersetzte. Dass irgendeine Immobilienfirma den Plattenbau gekauft habe und jetzt alles umbauen wolle. Und dass die Miete dann so teuer werde, dass sie ihr Restaurant schließen müsse.

»Und sie will ein Plakat mit einem fetten Kapitalisten, der ihr Restaurant plattmacht«, sagte Doro. »Aber sie kriegt es nicht hin, und deshalb fragt sie, ob du ihr das zeichnen kannst …«

»Wieso er?«, fragte Kerschkamp.

»He looks like an artist«, sagte die Chefin.

»I can try it«, meinte Appaz. »We try it together«, setzte er hinzu, bevor Kerschkamp wieder irgendetwas sagen konnte.

Die Chefin brachte einen großen Bogen Papier und einen Filzstift. Außerdem eine Skizze, die sie gemalt hatte, auf der aber außer einem Strichmännchen, das mit der Faust auf ein vage an den Plattenbau erinnerndes Haus einschlug, nicht viel zu erkennen war.

»I can't draw, that is my problem.«

»Wie sieht ein typischer Kapitalist aus?«, fragte Appaz.

»Wie so ein Fabrikbesitzer eben, schwarzer Anzug, Hut …«, Kerschkamp stockte.

»Zigarre«, sagte Marianne.

»Gut.«

Appaz nickte.

»Und einen Sack mit Geld in der Hand«, sagte Doro, »oder Dollarscheine oder so.«

»Und dann haut er nicht mit der Faust da drauf, sondern er tritt mit dem Fuß auf das Haus«, sagte Marianne, »mit dem Stiefel!«

»Und fertig«, erklärte Kerschkamp, »das reicht. Vielleicht schreiben wir unten an das Haus noch den Namen von der Pizzeria hier, damit es jeder kapiert.«

Die Chefin blickte von einem zum anderen. »You have an idea?«

»Maybe«, sagte Appaz.

Er hielt Marianne den Stift hin. »Willst du?«

Marianne schüttelte den Kopf.

»Nee, mach du mal«, sagte Kerschkamp, »du bist ja hier der Künstler.«

Appaz fing an zu zeichnen. Ein Bowler Hat. Dann ein Gesicht mit Doppelkinn und hängenden Backen. Doro nahm ihm den Stift aus der Hand und malte zwei Schweinsäuglein, gewaltige Ohren, eine Nase, aus der Haare wuchsen, und wulstige Lippen, zwischen die Appaz eine dicke Zigarre steckte.

»Weiter«, sagte Kerschkamp, »Hemd, Krawatte, Anzugjacke, und dann, wie er gerade das Bein hochnimmt, um zuzutreten.«

Appaz zeichnete.

»Er muss dicker sein«, sagte Marianne, »viel dicker.«

Appaz korrigierte die Zeichnung.

»So ist es gut, genau, ein fettes, schwitzendes Schwein«, nickte Marianne.

Die Chefin nickte ebenfalls und winkte ungeduldig ab, als an irgendeinem Tisch nach ihr gerufen wurde.

Das zum Tritt erhobene Bein mit dem Stiefel kriegte Appaz problemlos hin, mehr Schwierigkeiten hatte er mit der Hand, die die Geldscheine halten sollte. Er malte gewaltige Dollarzeichen auf jeden Schein.

»Aber wieso überhaupt Stiefel?«, fragte Kerschkamp plötzlich, »das müssen doch eher so Lackschuhe oder so was sein. Oder so zweifarbig, wie in alten Gangsterfilmen. Mafia und so.«

»Stiefel ist gemeiner«, sagte Marianne, »das passt besser.«

»Das Haus macht irgendeiner von euch«, sagte Appaz.

Doro deutete mit wenigen Strichen die Umrisse des Plattenbaus an und zeichnete dann zertrümmerte Wände und Fenster, wo der Stiefel im Haus steckte, zwei oder drei Buchstaben des Restaurantschildes ließ sie zerbrochen zwischen die Stühle und Tische fallen, wo noch Leute saßen und Wein tranken.

»Klasse«, sagte Kerschkamp und grinste die Chefin an, »très bien, ne c'est pas?«

Appaz war sich nicht so ganz sicher. Auf den zweiten Blick sah das Ganze doch eher aus wie ein schlecht gezeichnetes Flugblatt für irgendeine Demonstration gegen was auch immer, aber jedenfalls nicht wie ein Plakat, das man an eine Restauranttür hängen konnte.

Aber die Chefin schien tatsächlich begeistert zu sein. Sie ging einmal um den Tisch und drückte jedem von ihnen einen Kuss auf die Stirn. Und als sie das Essen bezahlen wollten, schüttelte sie fast böse mit dem Kopf.

Als sie gingen, hing das Plakat schon in der Tür. Und die Chefin diskutierte mit irgendwelchen Gästen.

»Gut, dass Ratte und die anderen nicht mit waren«, meinte Kerschkamp, »sonst hätten wir das Essen nie umsonst gekriegt.«

Peter und Corner waren aus Biarritz zurück. Die Werkstatt hatte schon zugehabt. Corner spielte wieder Gitarre. Lepcke versuchte, eine Kassette aus dem Recorder zu fummeln, die sich hoffnungslos verheddert hatte.

Ratte hatte eine Flasche Rotwein vor sich stehen, aus der er abwechselnd mit Gabi trank.

Appaz lieh sich Mariannes Shampoo und ging sich die Haare waschen. Als er zurückkam, war Marianne verschwunden.

Appaz ging zu ihrem Zelt rüber. Das Zelt war leer. Appaz legte das Shampoo auf ihren Schlafsack.

»Wisst ihr, wo Marianne ist?«, fragte er, als er wieder bei den anderen am Bus war.

Keiner sagte irgendwas.

»He, was ist los?«, fragte Appaz.

Ratte hielt ihm die Weinflasche hin.

»Sie ist mit Peter nach Biarritz gefahren«, sagte er. »Wir sollen dir sagen, dass du nicht auf sie warten brauchst. Sie weiß noch nicht, wann sie zurückkommt.«

Gabi blickte Appaz an und zuckte mit der Schulter.

Doro guckte weg.

»Die wird schon gleich wiederkommen«, sagte Ratte. »Hier, trink erst mal was!«

»Frauen haben doch alle eine Macke«, erklärte Corner, ohne dabei sein Spiel zu unterbrechen.

»Ist ein Scheißtyp, dieser Peter«, sagte Kerschkamp, »voll egoistisch, siehst du ja schon daran, dass er die anderen rausgeschmissen hat und alleine weitergefahren ist. Nur weil er nach Biarritz wollte …«

»Gehören immer zwei dazu«, sagte Corner und legte seine Gitarre weg, um sich eine Zigarette zu drehen.

»Halt bloß die Fresse«, sagte Ratte zu ihm.

Appaz nahm die Flasche und trank. Der Rotwein schmeckte sauer.

Marianne kam nicht zurück. Als Appaz spät in der Nacht nochmal an Peters Zelt vorbei ging, war auch der Variant noch nicht da.

Aber am nächsten Morgen kam Marianne aus ihrem eigenen Zelt.

Sie fuhr Appaz mit dem Zeigefinger übers Brustbein.

»Jetzt guck nicht so traurig«, sagte sie. »Es tut mir leid, aber ich hab dir gleich gesagt, dass ich nicht verliebt bin. Und ich kann machen, was ich will, klar?«

Appaz nickte.

Sie küsste ihn flüchtig auf den Mund und ging zum Klohaus.

Peter sah Appaz erst wieder, als er mit den anderen Frisbee auf der Wiese am Eingang spielte und Peters Variant vom Campingplatz fuhr. Auf dem Beifahrersitz saß Marianne.

»Wenn der Arsch sich nochmal bei uns blicken lässt, hau ich ihm eins aufs Maul«, sagte Ratte.

Gabi und Doro wussten nicht, was sie zu Appaz sagen sollten.

Irgendwie war ihnen das Ganze peinlich. Und

als sie alle zusammen zum Strand wollten und Appaz keine Lust hatte mitzukommen, war es ihnen deutlich lieber so. Kerschkamp und Ratte schien es kaum anders zu gehen.

Der Einzige, der gute Laune hatte, war Lepcke. Er haute Appaz im Vorbeigehen sogar auf die Schulter.

»Na, Alter?«

Appaz fing einen Brief an Anette an, zerriss ihn aber wieder.

Erst als er zum Bus ging, weil er Musik hören wollte, kriegte er mit, dass auch Corner da geblieben war.

»Wollen wir ein bisschen rumfahren?«, fragte Appaz. »Irgendwas angucken?«

Corner nickte, ohne zu zögern.

Sie fuhren nach Biarritz rein und ziellos durch irgendwelche Straßen. Appaz konnte nirgends den Variant von Peter entdecken.

»Scheißkaff«, sagte Corner, »nur Millionäre. Wusstest du, dass Napoleon das meiste hier hat bauen lassen? Weil er einen Ferienort für seine Geliebte haben wollte oder so was. Bescheuert, muss du dir mal vorstellen! – Sorry«, setzte er gleich darauf hinzu, »hab nicht dran gedacht.«

Sie hörten Fleetwood Mac. *Coming Your Way*. You got things to do, you move every day, I hope you don't mind, 'cause I'm coming your way. Und danach *Although the Sun is Shining:* When we're together, we will never part, and if you leave me, you'll break, you'll break my heart …

»Arbeitet jetzt als Totengräber, Peter Green, meine ich«, sagte Corner, um Appaz irgendwie abzulenken.

Appaz zuckte nur mit der Schulter. Er hatte Mühe nicht loszuheulen.

»Aber war ein geiler Gitarrist«, sagte Corner.

Appaz prügelte den Bus im zweiten Gang eine Steigung hoch und hupte einen Mopedfahrer zur Seite.

Die Fenster hatten sie ganz aufgeschoben. Es stank nach Abgasen. Sie kamen an einer Einfahrt mit efeuüberwucherten Mauern vorbei. Das Tor stand offen.

»Couvent«, las Corner, »La sainte Vierge! – Halt mal an, da gehen wir rein …«

Der Weg führte zwischen Rhododendronbüschen entlang. Ein graues Gemäuer ragte vor ihnen auf, bis unters Dach mit Wein bewachsen, nur um die Fenster herum sauber ausgeschnitten.

In einem der Fenster erschien ein Mädchenkopf.

Dann hörten sie einen schrillen Pfiff.

Gleich darauf drängten sich mehrere Mädchen im Fenster und stritten um den besten Platz.

»Verstehst du, was die rufen?«, fragte Appaz.

»Cheveux, cheveux«, sagte Corner. »Die meinen meine Haare! Haben sie wahrscheinlich noch nie gesehen, so lange Haare … Deine auch, klar, haben sie noch nie gesehen, so Typen mit so langen Haaren!«

Er winkte zum Fenster hinauf und warf sich die Haare über den Rücken. Die Mädchen kreischten vor Begeisterung.

Zwischen hohen Hecken führte der Weg weiter bis zu einem Friedhof. Hinter einer Reihe von Platanen konnten sie eine Nonne mit weißer Haube und Habit sehen, die den Kies harkte.

Die Gräber waren aus Sand, jedes einzelne sauber abgestochen, wie mit einem Lineal ausgemessen. Die Kreuze auf den Gräbern waren aus Muscheln gelegt, sonst nichts, keine Grabsteine, keine Namensschilder.

»Mann, stell dir mal vor, es regnet«, sagte Appaz. »Dann können die hinterher jedes Mal ihre Gräber neu machen.«

Corner hockte sich auf eine niedrige Bank vor der Hecke.

»Los, komm, ist ein guter Platz hier, lass uns einen durchziehen.«

Während sie den Joint hin und her wandern ließen, sahen sie ab und zu die Nonne zwischen den Bäumen, die immer noch den Weg harkte.

Als sie zurückgingen, waren die Mädchen verschwunden. Alle Fenster waren geschlossen.

»Aber war gut hier«, sagte Corner. »Ein bisschen wie ein Trip, mit dem Friedhof und der Nonne und so.«

»Wäre ein toller Platz, um einen Film zu drehen«, nickte Appaz.

Auf dem Campingplatz erzählte ihnen Kerschkamp begeistert, dass sie am Strand ein totes Schwein gefunden hätten. Und dass er gleich noch mal los müsse, um ein paar Fotos zu machen. Habe er gleich machen wollen, aber seine Kamera sei ja im Bus gewesen.

»Wo wart ihr überhaupt?«, fragte er.

»Biarritz«, sagte Appaz.

Er hatte keine Lust, von dem Friedhof zu erzählen. Corner sagte auch nichts.

Sie gingen mit Kerschkamp zurück zum Strand.

Das Schwein lag mit aufgequollenem Bauch am Flutsaum. Mit jeder Welle wurde es ein Stück höher auf den Sand geschoben. Jedes Mal wackelten die Ohren.

Kerschkamp machte seine Fotos. Er kniete sich mit der Kamera dicht über den Schweinekopf. Die anderen standen drum rum und guckten zu.

»In Amerika gibt es Yippies«, erzählte Corner, »das sind eigentlich Hippies, aber die machen richtig was, politisch, meine ich, nicht nur Flower-Power und so. Ich hab mal Fotos gesehen, wie die bei irgendeiner Kongresssitzung als Kellner aufgetaucht sind. Die haben sich echt richtig einstellen lassen und so, aber statt dann irgendwie Getränke zu bringen, sind sie nackt da rein, jeder mit einem Silbertablett mit einem blutigen Schweinekopf drauf. Wahnsinn, echt!«

»Ihhh!«, machte Doro.

»Wieso?«, meinte Corner. »Ist doch genau richtig: Schweine für die Schweine!«

»Und warum waren sie alle nackt?«, wollte Lepcke wissen. »Was sollte das denn?«

»Provokation, ist doch klar.«

Ganz kurz hatte Appaz das Bild einer nackten Frau vor Augen, die einen blutigen Schweinekopf servierte. Die Frau sah aus wie Marianne.

»Wisst ihr eigentlich, dass sie 1968 in der Universität von Berkeley aus dem Hubschrauber auf die demonstrierenden Studenten geschossen haben?«, fragte Corner. »Das ist Amerika, Leute!«

»Vietnam«, sagte Kerschkamp, »mehr brauchst du dazu nicht zu wissen!«

Ratte drehte sich zu Gabi.

»Das Zeug, das sie in Vietnam eingesetzt haben, um die Bäume zu entlauben, das hieß Agent Orange. So wollten wir erst auch unsere Band nennen, Agent Orange.«

»Und genau in dem Moment wäre ich weg gewesen«, sagte Appaz.

Corner bückte sich und malte mit einem vom Meer glatt geschliffenem Stock sorgfältig eine Schriftzeile in den feuchten Sand: »Unsere Träume werden eure Albträume sein.«

Um das »A« von »Albträume« zog er einen Kreis.

Kerschkamp fotografierte.

»Musst du mir einen Abzug von machen«, sagte Corner. »Häng ich dann bei mir ins Zimmer. – Kannst du bei uns machen, in der Woge, Christine hat einen Vergrößerungsapparat, den bauen wir immer auf dem Klo auf, wenn wir Fotos abziehen wollen, das geht ganz gut.«

Abends wollten sie noch mal feiern. Abschied sozusagen. Gabi und Doro wollten am nächsten Tag weiter in die Pyrenäen, wo sie mit irgendwelchen Leuten verabredet waren. Marianne auch, falls sie noch mal auftauchen würde.

Ratte brachte ein Tablett gegrillte Tomaten von der Bar. Appaz hatte wenig Lust zu feiern. Er war ziemlich schnell betrunken.

Am nächsten Tag hatte er keine Ahnung mehr, wie er ins Zelt gekommen war.

Peter hatte sich offensichtlich bereit erklärt, die drei Mädchen schon morgens um sechs zum Bahnhof zu bringen.

Appaz kam nicht aus dem Zelt, um Auf Wiedersehen zu sagen.

Als der Variant gefahren war, hörte er, wie Ratte zu Kerschkamp sagte: »Schade, hätte ruhig noch ein bisschen länger dauern können. Ist selten, dass du eine Alte triffst, mit der du ficken und reden kannst.«

Appaz schlief noch zwei, drei Stunden, bis es wieder zu heiß wurde.

Ratte und Kerschkamp waren aufgeblieben. Ratte trank die Rotweinreste von der Nacht. Kerschkamp hatte ein Kettchen um den Hals, das Appaz gestern bei Doro gesehen hatte.

Ratte rülpste.

»Wir haben gerade was überlegt«, sagte er, »warum fahren wir nicht heute mal nach Spanien rüber? Nur bis über die Grenze, Kippen kaufen. Sind superbillig da.«

»Wir müssen noch einen Ölwechsel machen«, sagte Appaz. »Der letzte ist schon fast fünftausend Kilometer her.«

»Fahren wir eben danach«, erklärte Ratte.

Appaz wollte alleine nach Biarritz, um eine Tankstelle zu suchen. Obwohl Lepcke zweimal fragte, ob er nicht mitkommen solle.

Appaz schmierte sich ein Stück Baguette mit Heide-Frühstück aus der Dose, das er beim Fahren aß. Dafür, dass er so viel getrunken hatte, ging es ihm nicht schlecht. Als er die Milchtüte ansetzte, schwappte ihm die Hälfte über die Hand.

Gleich die erste Tankstelle war eine Esso. Appaz' Onkel war bei Esso gewesen, und irgendwie hatte Appaz Vertrauen zu dieser Marke. Der Ölwechsel dauerte keine Viertelstunde, dann wollte Appaz noch die Luft kontrollieren, konnte aber nirgends ein Prüfgerät entdecken.

»Je cherche un appareil pour chequer les pneus«, stammelte er sich mühsam durch sein weniges Französisch.

Aber der Tankwart kapierte ziemlich schnell.

»Ah, gonflage!«

Er schleppte ein Prüfgerät aus der Werkstatt an, das wahrscheinlich schon Jahre nicht mehr zum Einsatz gekommen war.

Die Nadel zeigte einen Reifendruck an, mit dem der Bus keinen Meter weit gekommen wäre.

Appaz bedankte sich und fuhr zurück zum Campingplatz.

»Wir haben die Zelte zusammengebaut«, begrüßte ihn Ratte. »Wär doch blöd, wenn wir irgendwo bleiben wollen, wo es gerade geil ist, und dann stehen die Zelte hier.«

Diesmal setzte sich Lepcke auf den Beifahrersitz. Als sie hinter Biarritz auf die Straße nach St. Jean de Luz einbogen, wollte Kerschkamp The Who hören: »*Won't Get Fooled Again,* los, Leute, das bringt es jetzt!«

Lepcke spulte, bis er die Stelle gefunden hatte, wo der Synthesizer einsetzte. Dann Townsends Gitarre. Und Keith Moon am Schlagzeug.

Ratte und Kerschkamp grölten mit: »Pick up my guitar and play, just like yesterday, then I'll get on my knees and pray …«

Beim Refrain fiel auch Appaz mit ein: »We don't get fooled again, no, no!« Der Text schien ihm irgendwie passend.

Lepcke grinste und schmierte sich Gesicht und Arme mit Sonnencreme ein.

»I'll tip my hat to the new constitution, take a bow

for the new revolution, smile and grin at the change all around, pick up my guitar and play ...«, sangen sie alle zusammen, »we don't get fooled again!«

Als sie in St. Jean de Luz an einer roten Ampel halten mussten, winkten ihnen ein paar alte Männer zu, die auf Klappstühlen am Straßenrand saßen. Einer von ihnen hatte offensichtlich noch seinen Schlafanzug an, seine nackten Füße steckten in ausgelatschten Filzpantoffeln. Auch die anderen waren kaum korrekter gekleidet. Aber jeder hatte eine halb gerauchte Kippe im Mundwinkel.

»Ist doch scharf«, meinte Kerschkamp, »würdest du in Deutschland nie sehen so was.«

Lepcke zeigte auf das verwitterte Schild an der Hauswand hinter den Alten.

»Clinique psychiatrique«, las Kerschkamp irritiert.

»Au Scheiße, Mann«, sagte Ratte.

Sie kamen völlig problemlos über die Grenze. Der Zöllner winkte sie einfach durch, sie mussten noch nicht mal die Ausweise zeigen. Als wäre noch nie die Rede von irgendwelchen Terrorkontrollen gewesen. Und als gäbe es keine Rauschgiftfahndung.

Irun schien kaum mehr als ein hoffungslos im Verkehr erstickender Marktplatz.

Ratte verschwand in einem Tabakladen und kam mit zwei Stangen Celtas zurück. Er riss eine Packung auf. Beim Anzünden mussten sie die Zigaretten waagerecht halten, damit die trockenen Tabakkrümel nicht rausfielen.

»Getrocknete Kuhscheiße wahrscheinlich«, sagte Kerschkamp.

Sie standen auf dem Fußweg und rauchten. Und grinsten sich an.

»Eselsscheiße«, sagte Appaz.

Ein Mann trat auf sie zu. Mit Strohhut und Spazierstock. Er hatte ein leichtes Jackett über dem Arm hängen, sein Hemd war blütenweiß, die Lederschuhe glänzten, als wären sie gerade eben frisch geputzt worden.

Er sagte irgendetwas auf Spanisch.

Sie zuckten mit der Schulter.

Er zeigte auf ihre Zigaretten und machte auf Englisch weiter: »I can't see young people who have to smoke this shit because they have no money.«

Er drückte Lepcke ein neues Päckchen John Players Special in die Hand und klopfte Kerschkamp auf den Arm.

»Thank you«, stammelte Kerschkamp.

Der Spanier griff sich an die Hutkrempe und ging. Einen Moment standen sie sprachlos da.

Dann fing Corner an zu lachen. Aber es klang nicht freundlich.

»Bescheuert«, sagte er, »da kommt so ein reicher Arsch und denkt, er muss uns was Gutes tun!«

»Ist doch nett irgendwie«, sagte Lepcke, »kann der doch nicht wissen, dass wir nur wegen der Billigkippen hergefahren sind.«

Er schob sich die Players-Schachtel in die Jeans.

»Mann, Mann, begreifst du es echt nicht?«, fragte Corner. »Alles Kolonialisten, die Typen hier, die denken, sie wären was Besseres.«

»Hast du seinen Stock gesehen?«, fragte Ratte.

Appaz nickte.

»Das war kein Spazierstock«, sagte Ratte, »da

war so ein Verschluss dran, da kannst du ihn einfach auseinanderziehen und dann ist da ein Messer drin. Wie ein Bajonett. Fiese Waffe, echt.«

»Ich hab's gesehen«, sagte Appaz.

Sie setzten sich in ein Straßenrestaurant und bestellten auf gut Glück etwas zu essen, indem sie mit dem Finger auf irgendein Gericht auf der Karte zeigten, das nicht allzu teuer war.

»Für alle«, sagte Ratte und machte eine Handbewegung um den Tisch herum.

Sie bekamen eine Art Gemüsesuppe, auf der eine fettglasige Schicht schwamm.

Die Suppe war kalt.

»Muss vielleicht so sein«, sagte Ratte und leerte ungerührt seinen Teller, während die anderen das Gesicht verzogen und kaum den Löffel eintauchten.

»Wie lange sind wir jetzt eigentlich schon unterwegs?«, fragte Kerschkamp unvermittelt und legte den Löffel beiseite.

Sie rechneten.

»Fast drei Wochen«, sagte Appaz, »nicht ganz.«

»Morgen sind es genau drei Wochen«, nickte Lepcke.

»Bei mir fast schon vier«, sagte Corner.

»Habt ihr nicht irgendwie auch Lust, wieder nach Hause zu kommen?«, fragte Kerschkamp. »Ich meine, wenn wir jetzt in aller Ruhe zurückfahren, irgendwie so, nochmal irgendwo bleiben, wo es gut ist, und dann weiter … Wir können ja sowieso nicht so schnell, weil Kurt alles alleine fahren muss.«

»Corner kann auch fahren«, erinnerte Lepcke.

Corner nickte.

»Dann könnten wir auch mal wieder üben, mit

der Band, meine ich«, sagte Ratte. »Vielleicht sind auch der Dicke und Buchmann schon wieder da. Es ist nur Scheiße, dass wir dann irgendwann wieder zur Schule müssen. Aber Sabine ist bestimmt geil drauf, dass ich zurückkomme«, setzte er gleich hinzu.

Plötzlich blickten alle zu Appaz.

»Wir könnten auch was mit Hansi machen«, sagte Lepcke, »wenn er noch Ferien hat. Oder mit Andi oder so.«

Appaz zuckte mit der Schulter.

»Von mir aus.«

»Drei Wochen reichen eigentlich auch«, meinte Kerschkamp. »War sowieso kein guter Anfang, mit dem Ami und das alles.«

Lepcke blickte hoch.

»Was glaubt ihr überhaupt, was macht der jetzt?«

»In der Klapse wahrscheinlich«, meinte Ratte und zuckte mit der Schulter.

»Aber müssen wir gleich mal hin dann«, sagte Lepcke. »Vielleicht ist ja auch wieder alles okay mit ihm.«

Sie hockten lange über der Karte, bis sie sich auf eine Strecke geeinigt hatten.

Zurück nach Bordeaux und dann Landstraße, fast genau diagonal durch Frankreich bis nach Metz und Saarbrücken.

Ratte umkringelte die einzelnen Orte: Perigeux, Limoges, Châteauroux, Bourges, Gien, Montargis und dann dieselbe Strecke, die sie auf der Hinfahrt genommen hatten, über St. Didier und St. Mihiel durch die Berge.

Appaz dachte kurz daran, dass es von Irun vielleicht gar nicht so weit war zu dem Ort, wo Anette war. Aber er hatte keine Adresse von Spangenburgers Hippiedorf.

Sie kamen am selben Tag noch bis kurz hinter Bordeaux, wo sie auf einem Rastplatz übernachteten.

12 ½

Am nächsten Morgen kaufte Corner von ein paar französischen Jugendlichen, die an einem R16 mit breiten Rallyestreifen lehnten, 50 Gramm »'aschisch«.

»Zu teuer«, sagte er, als er zurückkam, »ich weiß, aber irgendwas müssen wir ja rauchen.«

Corner fuhr auch das erste Stück. Appaz hockte noch eine Weile auf dem Beifahrersitz, bis er nach hinten kroch und sich schlafen legte.

Jethro Tull spielte *Locomotive Breath*. His woman and his best friend, lay in bed and having fun …

Er schreckte hoch, als der Bus von der Straße abkam und mit dem rechten Vorderrad über eine Baumwurzel knallte.

»Scheiße«, sagte Corner, »ich habe irgendwie einen Moment nicht aufgepasst.«

Sie standen um das Vorderrad herum. Sehen konnte man nichts.

»Hoffentlich hat die Achse nichts weg«, sagte Lepcke.

Sie waren irgendwo in den Bergen hinter Perigeux. Ein Polizeiwagen fuhr vorbei, ohne sich um sie zu kümmern.

»Ich fahre weiter«, sagte Appaz.

»He«, meinte Corner, »tut mir leid, ich kann ja besser aufpassen demnächst.«

»Ich fahre«, wiederholte Appaz.

Kerschkamp kletterte neben ihn auf den Beifahrersitz und verdrehte die Augen in Richtung Corner.

Die ersten Kilometer fuhr Appaz sehr langsam. Er horchte auf jedes Geräusch und hatte die Hände nur ganz leicht auf dem Lenkrad, aber der Bus lief wie immer.

»Ist alles okay?«, fragte Lepcke von hinten.

»Ich glaube schon«, sagte Appaz und gab ein bisschen mehr Gas.

Die Straße wand sich in engen Kurven nach oben. Es wurde immer heißer.

Kerschkamp hielt die Hand über die Heizschlitze.

Appaz drehte an dem Knauf. Die Heizung lief weiter auf vollen Touren.

»Wahrscheinlich die Züge festgerostet«, sagte Lepcke, »war bei Gremlitz' Bus auch, hat er mir in Lacanau erzählt.«

»Mann, hier hinten stirbst du«, beschwerte sich Ratte.

Appaz zuckte mit der Schulter. Sein Unterhemd klebte an der Rückenlehne.

Erst als sie aus den Bergen raus waren, wurde es besser.

Der Fahrtwind wehte Appaz die Haare ins Gesicht. Während sie tankten, knotete er sich ein Halstuch um die Stirn.

Sie kauften ein paar Lebensmittel, vor allem etwas zu trinken.

Appaz hatte großen Erfolg bei den anderen, als

er im Getränkeladen den immerhin sprachlich korrekten Satz von sich gab: »Avez vous quelque chose à boire?«

Als Ratte eine Flasche Cola aus dem Regal nahm, sagte Corner: »Du hast sie doch echt nicht alle!« Er drehte sich zu den anderen. »Mann, der kauft sich echt dieses Imperialistengetränk ...«

»Scheiß drauf«, sagte Ratte.

Hinter Bourges fuhren sie auf einen Feldweg und parkten im Schatten zwischen ein paar Bäumen.

»Ich muss ein bisschen schlafen«, sagte Appaz.

»Klar«, nickte Lepcke. »Ich koche dir dann Kaffee, bevor wir weiterfahren, okay?«

Appaz kroch auf die Liegefläche.

Als er nach einer Stunde aufwachte, fühlte er sich besser. Es war auch kühler geworden, der Himmel war bewölkt.

Ratte lag in seinen Schlafsack eingerollt auf einer Weide. Eine Kuh rupfte in aller Ruhe das Gras um ihn herum.

Kerschkamp hatte die Karte vor sich.

»Wie weit ist es jetzt noch?«, fragte Lepcke.

Kerschkamp zählte die Kilometerangaben zusammen.

»Neunhundert, tausend ... so ungefähr.«

»Dann können wir morgen früh da sein«, sagte Lepcke.

Es war keine Rede mehr davon, irgendwo zu bleiben.

Sie weckten Ratte und fuhren weiter.

Ein Stück vor Troyes war eine Autobahn ausgeschildert. Sie blieben auf der Landstraße.

»He, was ist das denn?«, meldete sich Corner von hinten.

»Was?«

»Da war eben so ein Schild, zum Strand, Leute, wieso das denn?«

»Péage«, sagte Kerschkamp, »nicht plage.«

»Du bist breit«, erklärte Ratte. »Halt einfach dein Maul.«

»Ich muss den Scheiß doch wegrauchen«, verteidigte sich Corner, »das muss alles weg sein, bis wir an die Grenze kommen.«

»Dann gib mal was rüber«, meinte Kerschkamp. Er guckte Appaz an. »Oder stört dich das?«

»Ich kann ja nach vorne gehen«, sagte Lepcke. »Ich will sowieso nichts.«

Hinter Troyes quälten sie sich über immer kleinere Straßen nach St. Didier, Bar-le-Duc, dann St. Mihiel.

»He, hier waren wir doch auf der Hinfahrt!«

Ratte zeigte auf das Hotel, in dem sie abgestiegen waren.

Kerschkamp erzählte Corner umständlich, wie Ratte ins Bidet gekackt hatte.

»Und die Alte von dem Hotel«, sagte Ratte und hatte Mühe, die Worte zusammenzukriegen, »die war fett. Die hatte so … Und die konnte Deutsch, genau, das auch, und es gab … guten Wein zum Abendbrot, jawohl, sehr, sehr guten Wein …«

»Très, très bien«, kicherte Kerschkamp.

»À la plage«, nickte Corner und wollte sich ausschütten vor Lachen.

Sie saßen alle drei nebeneinander auf der Rückbank und waren so breit, dass sie mittlerweile bei jedem Wort zu kichern anfingen.

Es wurde dunkel.

»Kannst du noch?«, fragte Lepcke.

Appaz nickte und ließ sich von Lepcke eine Zigarette drehen.

»Bald sind wir wieder in Deutschland«, sagte Lepcke, »und dann ist es nicht mehr weit.«

Als sie über die Grenze kamen, war es kurz nach Mitternacht. Der Beamte in dem Glaskasten las eine Illustrierte. Er winkte sie durch, ohne hochzublicken.

»Jetzt ist es echt nicht mehr weit«, sagte Lepcke.

Kerschkamp und die beiden anderen schliefen.

Appaz fuhr die ganze Zeit mit Fernlicht, viel gaben die sechs Volt sowieso nicht her, von den entgegenkommenden Autos machte keiner Lichthupe.

Einmal wechselte Appaz erschreckt auf die linke Spur, weil er vor sich Rücklichter gesehen hatte. Aber es waren nur LKW, die mit Standlicht auf einem Parkplatz hielten.

Als sie noch mal tankten, holte Lepcke neuen Kaffee. Ratte pinkelte direkt neben die Zapfsäule.

Auf der langen Steigung hinter Bad Hersfeld verschaltete sich Appaz. Mit dreißig krochen sie hinter einem Tanklaster die Steigung hoch.

Es fing an zu regnen.

Die Wischerblätter schmierten dicke Schlieren über die Scheibe.

Lepckes Kopf sackte in regelmäßigen Abständen nach vorne.

Dann setzte der Scheibenwischer aus. Appaz steuerte eher blind auf den nächsten Parkplatz.

Die Sicherung schien in Ordnung zu sein. Aber der Scheibenwischer rührte sich nach wie vor keinen Zentimeter.

»Was ist los?«, wollte Ratte mit vom Schlaf verquollenen Augen wissen.

»Der Scheibenwischermotor«, sagte Lepcke. »Ist verreckt, das Scheißteil.«

Lepcke bückte sich und kramte einen Moment in dem Kasten unter dem Beifahrersitz, bis er grinsend einen Bindfaden zu Tage förderte.

»Wenn wir den an die Wischer knoten und dann rechts und links durch die Ausstellfenster, müsste es gehen«, erklärte er.

Sie machten es genauso, wie er vorgeschlagen hatte.

Und dann hockte Lepcke auf dem Beifahrersitz und zog abwechselnd an den Enden des Bindfadens, links, rechts, links, rechts.

Nach ein paar Kilometern hörte der Regen wieder auf.

»Aber ging doch gut«, meinte Lepcke.

Inzwischen war auch Kerschkamp wieder munter geworden.

Er hörte Frank Zappa. *Fifty-Fifty*. Mit Ricky Lanzelotti. I know I ain't cute, and my voice is ka-poot …

Appaz' Schultern waren verkrampft und taten weh.

Im Morgengrauen waren sie in Hannover.

Lepcke hatte den Kopf am Seitenfenster und schlief tief und fest.

Appaz fuhr zuerst zu Corner.

»Ihr könnt alle bei mir pennen«, meinte Corner. »Dann braucht Kurt nicht mehr rumzufahren.«

Ratte nickte, aber Kerschkamp und Lepcke wollten lieber nach Hause.

»Die Klamotten können wir genauso morgen

auspacken, das Zelt und so«, sagte Kerschkamp, als sie bei Lepcke vor der Tür hielten.

Lepcke winkte und stolperte ins Haus. Sie fuhren weiter zu Kerschkamp.

Die erste Straßenbahn ratterte vorüber.

»War doch eine irre Fahrt«, sagte Kerschkamp, »heavy tour, aber echt.«

Er winkte Appaz von der Tür aus zu und rief: »Man sieht sich, Alter!«

Appaz parkte den Bus halb auf dem Fußweg. Aber er war zu müde, um einen zweiten Anlauf zu unternehmen.

Ein Nachbar stand im Schlafanzug auf dem Balkon und guckte weg, als Appaz grüßte.

Leise schloss er die Wohnungstür auf und ging ins Bad, um zu pinkeln.

»Bist du zurück?«, fragte seine Mutter.

Sie stand verschlafen im Flur und drückte ihn fest an sich.

»Ich glaube, du musst dich mal wieder waschen«, sagte sie, aber sie lachte dabei. Appaz sah, wie sie sich freute. Er freute sich auch.

»Schlaf erst mal«, sagte seine Mutter. »Erzählen kannst du morgen.«

»Gute Nacht«, nickte Appaz.

Auf seinem Schreibtisch lag ein Brief von Anette.

Appaz drehte den Umschlag mit den Händen hin und her und schob ihn dann unter sein Kopfkissen. Er hatte ein schlechtes Gewissen, dass er es noch nicht mal geschafft hatte, ihr eine Karte zu schicken.

Vor dem Fenster zwitscherte ein Vogel.

Appaz hatte keine Ahnung, wie lange er geschlafen hatte, als seine Mutter ihn weckte.

»Telefon für dich«, sagte sie. »Lepcke, kann das sein?«

Appaz nickte. Er kriegte kaum die Augen auf.

»Ich hab gesagt, dass du noch schläfst, aber er meinte, es wäre wichtig …«

Als Appaz an seiner Mutter vorbei stolperte, strich sie ihm besorgt über den Arm.

Er nahm den Hörer hoch.

»Ja?«

Lepckes Stimme klang merkwürdig gepresst.

»Hansi ist tot«, sagte er.

»Was?«, fragte Appaz.

»Hansi.« Appaz hörte, wie Lepcke schluckte. »Er ist mit meiner Schwester bis Marokko getrampt«, sagte er dann, »und da sind sie mit irgendwelchen Leuten in die Wüste, mit einem Laster, hinten auf der Ladefläche …«

»Und?«

Appaz presste den Hörer ans Ohr, bis es wehtat.

Lepckes Stimme war kaum noch zu verstehen.

»Sie sind irgendwie unter einer Brücke durch, und Hansi ist mit dem Kopf voll dagegen.«

»Und?«, fragte Appaz wieder, weil er merkte, dass Lepcke noch was sagen wollte.

»Meine Schwester meint, er hat es mit Absicht gemacht …«

»Blödsinn«, sagte Appaz, »warum denn? Das ist Quatsch.«

»Sagt sie aber. Er sei die ganze Zeit schon irgendwie so komisch gewesen …«

»Ich rufe Kerschkamp an«, sagte Appaz. »Wir kommen gleich mal rüber.«

Er legte den Hörer auf.

Seine Mutter war in der Küche und machte Frühstück.

Appaz guckte auf die Uhr neben dem Telefon. Es war kurz nach neun. Sein Vater war schon zur Arbeit.

Appaz hörte den Wasserkessel pfeifen.

Er ging in sein Zimmer und machte leise die Tür zu.

Dann setzte er sich aufs Bett und zog Anettes Brief unter seinem Kopfkissen hervor.

Ende

30 Jahre später

Lepcke hat nach seinem Germanistik- und Geschichtsstudium für das Lehramt an Gymnasien keine Anstellung als Lehrer bekommen und ist heute Pressesprecher eines großen Unternehmens.

Kerschkamp hat sein Anglistikstudium abgebrochen, um bei einem Stadtmagazin als Fotograf anzufangen. Er arbeitet inzwischen für eine Bildagentur in Norddeutschland.

Ratte hat zunächst Jura studiert, dann aber eine Karriere als Taxifahrer vorgezogen. Seit einiger Zeit betreibt er eine Kneipe, in der jeden Freitag Sessions mit eher mittelmäßigen Musikern stattfinden. Häufig spielt der Dicke dabei Schlagzeug, manchmal kommt auch Appaz mit seinen Mundharmonikas vorbei.

Der Ami ist Zahnarzt irgendwo in Süddeutschland geworden. Vor zwei Jahren hat Lepcke ihn mit seiner Familie auf einem Camping Municipal an der französischen Atlantikküste wiedergetroffen. Sie haben zusammen einen Kaffee auf dem Wochenmarkt getrunken.

Corner ist im Sommer 1976 noch einmal nach Lacanau gefahren, wo er sich in eine Französin verliebt hat. Inzwischen baut er südlich von Carcassonne Tomaten an und gibt in den Sommermonaten Workshops für biologischen Gartenbau – vornehmlich für deutsche Studienräte.

Corner ist der Einzige, der immer noch Ton Steine Scherben hört und regelmäßig kifft.

Nurmi, Wolle, Gremlitz und Nölle haben sich auf einem Ehemaligen-Treffen des Gottfried-Wilhelm-Gymnasiums wiedergesehen. Sie zeigten sich Fotos von ihren Familien, redeten über die Schulzeit (die sie im Nachhinein auf keinen Fall als schlimm empfanden) und wussten ansonsten kaum etwas miteinander anzufangen.

Als später Appaz dazukam (der nicht eingeladen war), hat er Erich Kästner zitiert: »Wer vergisst, was schlimm war, wird dumm.« Das haben sie ihm alle sehr übel genommen.

Andi hat vor kurzem per E-Mail Kontakt zu Kerschkamp aufgenommen und wollte wissen, was aus Appaz geworden sei. Was er selbst macht, hat er dabei nicht geschrieben.

Anette hat einen belgischen Musiker geheiratet und lebt mit drei Kindern in der Nähe von Brüssel.

Appaz hat diesen Roman geschrieben.

Irgendjemand legt jedes Jahr an dem Tag, an dem Hansi tödlich verunglückt ist, einen getrockneten Knurrhahn (wie sie an der Ostsee als Andenken verkauft werden) auf seinen Grabstein.

Mein besonderer Dank gilt meinem Freund J. E. sowie Uta Rupprecht bei Ullstein und Bastian Schlück.

Weiterhin Mario Adorf, Theodor W. Adorno, Hans Albers, Woody Allen, Günther Amendt, Ian Anderson, Paul Anka, Fernando Arrabal, Joan Baez, Vivi Bach, Ginger Baker, Brigitte Bardot, Roland Barthes, Jeff Beck, Jurek Becker, Ralf Bendix, Walter Benjamin, Ingmar Bergman, Chuck Berry, Bernardo Bertolucci, Joseph Beuys, Jane Birkin, Humphrey Bogart, Heinrich Böll, Wolfgang Borchert, Willy Brandt, Bertolt Brecht, Jack Bruce, Luis Buñuel, Eric Burdon, Albert Camus, Heiner Carow, Fidel Castro, Claude Chabrol, Charly Chaplin, Eric Clapton, Leonard Cohen, Chick Corea, Robert Crumb, Angela Davies, Ray Davies, James Dean, Franz Josef Degenhardt, Alain Delon, Cathérine Deneuve, Rick Derringer, Rudi Dutschke, Bob Dylan, Ilja Ehrenburg, Sergej M. Eisenstein, Werner Enke, Hans-Magnus Enzensberger, Marianne Faithfull, Chris Farlowe, Rainer Werner Fassbinder, Helga Feddersen, Federico Fellini, Bryan Ferry, Peter Fonda, Peter Frankenfeld, Anna Freud, Uwe Friedrichsen, Max Frisch, Peter Gabriel, Rory Gallagher, Franz Gertsch, Jean-Luc Godard, Maxim Gorki, Günther Grass, Peter Green, Hermann L. Gremliza, Ernesto Che Guevara, Arlo Guthrie, Knut Hamsun, Peter Handke, Duane Hanson, George Harrison, Dieter Thomas Heck, Dick Heckstall-

Smith, Ernest Hemingway, Jimi Hendrix, Werner Herzog, Hermann Hesse, Dennis Hopper, Ödön von Horváth, Mary Huana, Walter Jens, Alejandro Jodorowsky, Gottfried John, Janis Joplin, Franz Kafka, Hermann Kant, Erich Kästner, John Kay, Martin Luther King, Klaus Kinski, Dietrich Kittner, Alexander Kluge, Siegfried Kracauer, Stanley Kubrik, Reinhard Kühnl, Hans Joachim Kuhlenkampf, Lew Wladimirowitsch Kuleschow, Helmut Lange, Alvin Lee, Claude Lelouch, Stanislaw Lem, John Lennon, Siegfried Lenz, Jerry Lee Lewis, Roy Lichtenstein, Peter Lilienthal, Jack London, Anna Magnani, Louis Malle, Heinrich Mann, Manfred Mann, Thomas Mann, Steve Marriot, Karl Marx, Marcello Mastroianni, Karl May, John Mayall, Roger McGuinn, Steve McQueen, Ulrike Meinhof, Herman Melville, Wolfgang Menge, Inge Meysel, Liza Minelli, Pierre Moerlen, Irmtraud Morgner, Jim Morrison, Uschi Nerke, Mani Neumeier, Wolfgang Neuss, Günther Neutze, Paul Newman, Uschi Obermeier, Erik Ode, Benno Ohnesorg, Jimmy Page, Anita Pallenberg, Peter Panka, Pier Paolo Pasolini, Gregory Peck, Michel Piccoli, Harold Pinter, Robert Plant, Ulrich Plenzdorf, Jörg Pleva, Roman Polanski, Cozy Powell, Rosa von Praunheim, Elvis Presley, Wsewolod I. Pudowkin, Anthony Quinn, Robert Redford, Rio Reiser, Fernando Rey, Little Richard, Keith Richards, Rosi Rosi, Peter Rühmkorf, Jerry Rubin, Jean-Paul Sartre, Volker Schlöndorff, Peter Schneider, Karl-Eduard von Schnitzler, Wolfdietrich Schnurre, Dietmar Schönherr, Alice Schwarzer, Klaus Schwarzkopf, Hanna Schygulla, Anna Seghers, Ravi Shankar, Derek Shulman, Vittorio de Sica, Johannes Mario Simmel, Alexander Solschenizyn, May Spills, Klaus Staeck, Wolfgang Staudte, John Steinbeck, Rod Stewart, Franz Josef Strauß, Erwin Strittmatter, Leo Tolstoi, Vico Torriani, Pete Townsend, Jean-Louis Trintignant, Margarethe von Trotta, François Truffaut, Mao

Tse-tung, Marc Twain, Liv Ullmann, Timm Ulrichs, Rüdiger Vogeler, F. K. Wächter, Hannes Wader, Günter Wallraff, Andy Warhol, Herbert Wehner, Wim Wenders, Oskar Werner, Claus Wilcke, Sonny Boy Williamson, Alan »The Owl« Wilson, Johnny Winter, Frank Zappa, Eduard Zimmermann …

»Wenn meine Mutter von Herrn Kennedy sprach, hatte ich immer das Gefühl, daß sie viel lieber ihn geheiratet hätte als meinen Vater. Aber das Schicksal hatte anderes mit ihr vor.«

Monika ist zwölf und wächst Ende der 70er Jahre in einer typischen Westberliner Familie auf: Spießige Eltern, Schrankwand und Wagenradlampe, Tagesschau um 20 Uhr, mit dem Ford auf der Transitstrecke … Als ihr großer Bruder in eine Landkommune in Westdeutschland zieht – zu den »Hottentotten«, wie ihr Vater sagt – und Monika kurz darauf ihre Sommerferien dort verbringen darf, verändert sich ihr Leben schlagartig …

Ferien bei den Hottentotten

Originalausgabe
ISBN-13: 978-3-548-26416-5
ISBN-10: 3-548-26416-6

ULLSTEIN

Das bunte, tragikomische Panorama einer echt sizilianischen »Famiglia«

Nonna Maria erzählt Gruselgeschichten, Nonno Filippo bewegt sich auf einmal nicht mehr, die Weinlese artet in ein großartiges Festmahl aus, und immer liegt der Duft von Knoblauch und Tomatensauce über den sonnendurchfluteten Hinterhöfen … Das ist die Welt des kleinen Gigi, der im Schoß einer liebenswert skurrilen Großfamilie aufwächst, bis seine Eltern eine folgenschwere Entscheidung treffen.

»Ich hatte beim Lesen das Gefühl, als würde mir ein alter Freund bei einem Glas Rotwein seine Geschichte erzählen: manchmal melancholisch, dann wieder aufgekratzt und fröhlich, stets temporeich und humorvoll.«
Petra Durst-Benning

Das Kind unterm Salatblatt
Geschichten von meiner sizilianischen Familie
Originalausgabe
ISBN-13: 978-3-548-26348-9
ISBN-10: 3-548-26348-8

ULLSTEIN